暗戀者，
沒有聲音、沒有名字，
默默跟在喜歡的人身後，甘願為其付出一切。

第一章

「一九九四年……一九九四年……民國八十三年，民國八十三年……妳老妹吼。」

算命阿姨掐指一算，看著鏡頭說道。

電腦螢幕上播放的，是最近在社群媒體上爆紅的一支影片。

網紅維妙維肖的神韻和動作，勾起觀眾的共鳴，再加上無厘頭的臺詞讓人發笑，這支影片在網路上，已經瘋傳了好一陣子。

近二十年內興起的網路媒體，徹底改變人們的生活方式，不僅使傳統電視產業受到影響，收看人口大幅降低，也連帶著廣告產業發展出網路廣告。

在資訊爆炸、平臺眾多的現在，沒點創意巧思是很難在媒體界生存的。作爲一個廣告ＡＥ（業務企畫），我深有體會，每日查看網路熱門影片是我工作的日常。

「妳要算命喔？招桃花？」

身後傳來熟悉的聲音，我沒有理會，那人卻繼續說：「喬哥，我有個建議。」他沉了沉聲音。

「怎樣？」

「考慮一下這個。」他手上拿著一張名片——精美整形診所。

我無語，「信不信我現在就送你回老家？」

他一手撐在我的桌面上，一手叉腰，不以爲然地看著我，「拜託，我身爲多年好友，只是盡個關心的義務。妳都二十五了還是單身。」

「是二十四歲又八個月。」

「四捨五入二十五啊！我話先說在前頭，妳要是老來無伴，我家可沒有多的房間給妳住。」

「徐靖陽！」

「好啦，頂多陽臺分妳，不能再多了。」

我拿起桌上的衛生紙往他身上丟。

「嘶，不能開玩笑欸。不過，妳看這幹麼？」他揚了揚下巴，示意著螢幕。

「你不知道嗎？這個影片最近很紅欸，超過百萬觀看了。」

他白了我一眼，「廢話，我當然知道，我是問妳看這幹麼？」

「觀摩啊！學學人家爆紅的優點，說不定也能用在我們的行銷宣傳上。」我說。

「那妳觀察出什麼了嗎？」

「精準到位的模仿、無厘頭的搞笑對話，還有……」

「還有什麼？」

「還有……」我支吾了會，沒有下文。

「想不到了？因爲沒有了，這些特點跟影片爆紅沒有絕對的關係。說直接一點，就是剛好紅了。所以妳看這麼認眞也沒有用。」

他冷靜得近乎無情，卻頗有道理，我無法反駁。

「所以它一點參考價値都沒有嗎？」我可是花了好多時間研究。

「不是，這影片確實做得很好，但不是我們能運用的方式。我們的客戶是美妝跟食品保健，品牌調性也比較保守，不太可能玩這種創意。」他直接否定了我的努力。

我回到位子，無力地趴在桌上，思考下週的提案。

身後又傳來徐靖陽的聲音，「啊對了！妳最好先準備等等跟老張開會的資料。」他看著時鐘，「妳還有……十五分鐘。」

「開會？開什麼會？」我倏地起身，險些跌倒，徐靖陽眼明手快地……躲開了。

「專案執行會議。」他皮笑肉不笑。

「不是明天嗎？」我翻閱行事曆。

「今天下午。有個客戶臨時看了這個月的媒體投放成果，看完之後不太滿意，跑去跟老張告狀，老張一氣之下通知所有人，下午五點跟他報告專案執行進度。就在剛剛。」

「靠，誰啊？給報表之前不檢查一下嗎？」

徐靖陽淡漠的眼眸望著我，沉默了幾秒。

不對勁。我抬頭看了看他，「不會吧？」

他點頭，語氣無奈，「就是妳想的那樣，妳朋友溫昕aka新媒雷公。」

「溫昕實在是……」我按了下額角突起的青筋，回頭面對桌上滿坑滿谷的資料。

我叫喬一帆，一帆風順的「一帆」。

爸媽在給我取名字時，希望我的生活能夠一帆風順，但我二十四年又八個月的人生中就沒順遂過。

上學時，只要大考必定感冒、拉肚子，穿新鞋那天一定下雨。

高中選打掃區，全班唯二的外掃名額都能被我抽中。連向暗戀對象告白也能遇到衰事錯過。

考大學時，我以一分之差錯過想讀的科系，連出社會都是做血汗的廣告媒體業。

我作爲廣告AE，除了面對客戶各種合理或不合理的要求，也需要解決公司老闆對業績的經常性焦慮，還有同事偶發的出包。

唯一的幸運大概是，在這樣高壓勞累的環境，有幾個朋友和我一起受苦——我的高中好友溫昕、徐靖陽。他們和我在同一間公司工作。

這不是巧合，是我在進這間公司之後，秉持著好朋友「有福同享，有難同當」的精神，和他們分享我的苦難。如今，他們和我一起在地獄受苦。

溫昕人如其名，是個溫馨甜美的女孩。但她做事總是很迷糊，交代的事情經常辦得零零落落，因此人稱「新媒體部雷公」，只要她來，必定有雷。

然而，她總是充滿幹勁，可以爲了一個專案熬整夜，只爲了找出可用的資料。儘管客戶的要求很艱難，她還是使命必達。若她沒有這種幹勁，老張可能不會留下她。

而徐靖陽和她完全相反，是隻狡猾的老狐狸，做事謹愼縝密，還冷酷無情。儘管我跟他是從高中就認識的好友，若在工作上出現任何紕漏，他可從來沒有寬容過我。一張能言善道的嘴，加上清秀斯文的外表，讓他在客戶堆裡吃得很開，不分男女。

對，不分男女，上回我看見男客戶摟著他的腰跟他談事情。

不過，不得不說，這隻老狐狸的工作能力確實很好，總能在短時間內想出最好的應對方案。每次發生問題，我和溫昕都會找他幫忙，然後被他嫌棄。

我想，要不是他那刻薄的個性，他才不至於從高中畢業後空窗到現在，連個女朋友也沒有。

想著想著，我轉頭看向徐靖陽。他在座位上收拾東西，似乎在準備下班。

「幹麼？」他看著我。

「你不開會？」我指著會議室。

「人家上週結了兩個專案，現在可是自由之身呢。」他眨眨眼向我炫耀，還附贈一個飛吻，慢條斯理地收拾東西。

嘖嘖，聽聽他嬌嗔的語氣，我才不信他跟某男客戶沒有什麼。

看著他搖曳生姿的背影，我一邊啐道：「老狐狸。」

「還有三分鐘，老張等妳喔。」他看著打卡鐘提醒我。

一走進會議室，我就感受到一股低氣壓。除了老張，裡頭還有一個人——溫昕。

老張坐在會議室主位，面色凝重，而我走到溫昕旁邊坐下，不敢抬起頭。

五點一到，老張開口：「一帆，看看桌上的東西。」

桌上擺著一張紙，是我和溫昕這個月的媒體成果報告。老實說，數據不好看，難怪客戶會生氣。

「能不能告訴我，這三個月績效發生什麼事？」

我和溫昕低著頭，沒人敢回答。

「溫昕，能告訴我嗎？」老張冷聲道。

「這幾個月因爲疫情，所以……」她瑟縮開口，聲音發顫。

「疫情不能出門，難道也不能上網？」他打斷，手指關節在木桌上敲出清晰的聲音，一聲比一聲急，像在催魂。

「一帆，妳說呢？」他話鋒一轉，向我提問。

「雖然網路廣告能觸及在家的民眾，但是……畢竟不能出門消費，業績還是有影響。」我想起前幾天徐靖陽和客戶對談時的話術。

老張瞇起眼滿意地點頭，「有道理，但我總不能拿這套說法告訴客戶。從上個月到現在，業績已經跌了近五成，光『疫情影響』的說辭是不管用的。」

他接著說：「業績因爲疫情變差是事實，但客戶不會接受，他們要的是方法，改變現況的方法。」老張的手指在報告上點了點，「妳們也不是第一天出社會了，這個道理應該懂吧？」

成年人的世界，沒有人要體諒妳的苦衷和困境，他們要的只有結果，一個他們滿意的結果。

「這個，是上個月的業績總表。」老張將一張統計表推過來。

看了看資料，我和溫昕負責的專案，是所有專案中虧損最多的。

「從去年底，我們流失了百分之二十的客戶，以公司目前的虧損，要是客戶砍預算，我很難留著妳們。」

靜謐的辦公室裡響起老張冰冷的話語，我連氣都不敢喘一口，全身的血液彷彿凝結。

「不過，妳們一直以來都很努力，這是有目共睹的。」他又開口。

聽到這話，我和溫昕同時抬頭看他，似乎有了一線生機。

「解決方案下週給我。我和客戶說好了，我們會提出具體可行的方案，積極行銷提高買氣。做得到嗎？」他詢問。

我還未回答，溫昕便搶著答應：「可以。」

「妳呢，一帆？」老張看著我。

「我……」

隔天早上，會議室裡。

「請問……」徐靖陽皺了皺眉，似是壓抑著情緒。

「啊？你說什麼？」我回頭。

「我說……爲什麼我會在這裡？」他扶著額頭問。

「想企畫啊。」溫昕答得很快。

「我是指，我爲什麼要跟妳們一起想企畫？」

「親愛的，我們是朋友對吧？」溫昕握著他的手，含情脈脈地看著他。

「我們頂多算高中同學。」他反駁。

「朋友就該有難同當，對吧？」我說。

「妳上次這樣說，就是誆我來這裡上班。我才不要。」他起身要走。

「等等！」我阻止他，「來不及了，我已經跟老張說，你會跟我們一起做這個案子。要生一起生，要死一起死。」我說得煞有介事。

「老張答應了？」他回頭，一臉愕然。

我食指對著食指碰了碰，學著他昨天的嬌嗔語氣，「你不是沒有案子，恢復自由之身了嗎？於是人家就幫你爭取了一個。」

「妳是皮條客嗎？」

「那你可就是妓女。」我無辜地眨眨眼。

他頹然坐下，「好吧，客戶需求是什麼？」

最後，徐靖陽還是沒捨得放棄我和溫昕，我們三人窩在小小的會議室討論到深夜。大約凌晨兩點，我們都已經筋疲力盡。

「我們休息一下好不好……」溫昕一邊打哈欠一邊說，聲音飽含疲倦。

「眞的是年紀大了，才兩點就撐不住了。以前我們不是常常熬通宵的嗎？」我伸伸懶腰。

「拜託，那時候才幾歲，天天熬夜還是一尾活龍。現在啊……」徐靖陽看著落地窗外的夜景。

「欸，妳們還記得高三時辦的那個嗎？」徐靖陽突然開口。

「廢話，當然記得。」我說。

高中的時候，我們三個人成立了一個社團，經常做一些幼稚的事情，像是在老師還沒進教室前，用五分鐘上臺說相聲逗大家笑，或是在校園晚會上，表演短劇和非常蹩腳的舞蹈。

印象最深刻的事是在高三，我們辦了一個活動——當你一天的月老。

在那個網路還不盛行的年代，沒有匿名告白網站，向人告白不外乎是當面說或寫情書，直截了當卻略顯無趣。於是，我們推出這個活動，擔任委託人的「月老」，執行告白活動。

有趣的是，告白的委託任務千奇百怪。有的人高調誇張，讓我們在空教室放滿粉色氣球，並在黑板上寫下大大的「我喜歡你」；有的人含蓄害羞，要我們在下著傾盆大雨的日子，多放一把傘在暗戀對象的教室門口，不敢跟對方共撐傘。

暗戀就是這樣，既想讓對方知道自己的心意，又寧可對方不明白。

整套活動由徐靖陽負責發想規畫，內容全是他想的。我負責宣傳，午休時間就到廣播室蹲，逮到機會就借用廣播宣傳。溫昕負責整理堆積如山的委託單，安排執行計畫，包括什麼時候要溜進教室偷放巧克力、埋伏在哪一個樓梯轉角給人驚喜。

細數高中三年，舉辦告白活動，大概是爲數不多讓我驕傲不悔的事蹟，儘管當時做了許多荒唐事，現在回想起，反而還挺自豪的。

可能是當時太風光了，我總以爲自己以後一定能成爲一個特別的人，結果出了社會，我只成爲特別普通的人——被客戶使喚、被老闆壓榨，仍敢怒不敢言，狼狽不堪的二十五歲。

「對了，那時多的那張委託單到底是誰的啊？」溫昕開口。

當年的活動有很多人響應，我們在學校成了風雲人物。

在活動結束後，有一張沒有署名的委託單，出現在我們的委託箱裡頭。因爲已經過了活動時間，我們也就沒有處理了。再次想起這件事，回頭找已經找不到那張委託單了。

「管他是誰的，反正活動都結束了，適時不候，不處理。」徐靖陽連頭都沒抬，說著和那時一樣的話。

「妳有時間想是誰的，不如想想專案怎麼辦。」我抹了抹臉。

看著白板上凌亂的筆記，我想，這次的專案若搞砸，我跟溫昕眞的要回家吃自己了。

「吼——好煩喔！我不幹了。」溫昕把資料往地上一丟，那氣勢，彷彿她是個不用上班的富二代，能說走就走。

然而，我們都沒有這樣的幸運，只是在社會底層咬牙苦撐的小職員而已。

「開玩笑的，我愛工作。」約莫兩分鐘，溫昕恢復理智，彎下腰拾起資料。

「要是這些東西跟以前辦的活動一樣就好了，當當月老、玩玩活動，多有趣啊，還不用看客戶的臉色。」我實在很想念過去我們瘋狂荒謬的計畫。

「其實……也不是不可以……」徐靖陽若有所思，似乎想到了什麼。

隔週的週三，我們一早就在客戶的會議室準備。

這間公司座落在繁華的信義區，附近高樓林立，從會議室窗戶看出去，底下是一片車水馬龍。

這裡的辦公室很大、很漂亮。學生時期總想像自己可以在大公司工作，出了社會才知道，有些工作真的只是辦公室漂亮罷了。

「電腦都設定好了？」

「好了。」

「書面報告跟其他影片呢？」

「都放好了。」

徐靖陽和溫昕確認著稍後開會的前置作業。

突然間，徐靖陽回頭看了我一眼，「幹麼？妳還緊張？」

「開玩笑，我都brief（提案）過幾次了，老ＡＥ了好不好。」我隨口回。

緊張？拜託，怎麼可能……不緊張。

「我去廁所，馬上回來。」我丟下這句話便走出會議室。

我走到茶水間裝了杯水，一邊喝著水，一邊看著窗外的景色。

這不是我第一次跟客戶提案，但我對第一次提案仍記憶猶新。

剛到公司時，前輩帶著我去一家食品公司提案。前一天晚上，我緊張得睡不著，一閉上眼就會被會議的各種細節困擾，躺在床上翻來覆去直到清晨時分。

當天提案時，我如同練習那般向客戶解說，但總像在看著稿子念，不太自然，當下我隱隱瞥見客戶的表情不對勁。

「接下來，是我們過去曾經製作的……」

「先等一下。」客戶端的某位代表打斷我。

「妳剛剛說，你們擅長網路行銷，但我們這一次更需要線下活動。有相關經驗嗎？」他的眼神中有滿滿的質疑與輕視。

初出社會的我沒聽懂他的意思，不知道那叫「拗東西」。客戶不是不知道我們是做網路的公司，而是希望我能在現有的預算內，加碼一場甚至更多線下活動。人嘛，總是想花最少的錢獲得最大的利益。

「呃……關於線下活動的部分……我們……也、也有相關的作品，像是……」我努力回想之前看過的資料，一旁的前輩也翻找著手中的企畫書，試圖找到相關內容。

「有實際案例嗎？」

「實際案例……」我慌亂地在電腦裡找之前的公司實績，卻沒有存檔。

會議室安靜了一會，我隱約感受到其他人投來的目光，悄無聲息卻如千斤重。

僵持片刻，對方冷冷地開口：「我們的專案不是學生的分組報告，交差了事就好。它是一個方案，是下半年度我們要執行的方案。」

他沒有穢語辱罵，但已足夠讓我崩潰。

前輩還是維持笑臉，向對方解釋，「是，您說的相當有道理。大案子不是學生作業，我們可以有學生的熱情，但專業不能只有學生程度。因此，我們當然也準備了線下活動的相關規畫。以我們去年所承辦的活動爲例……」

前輩在短時間內找到之前公司的活動實績，在沒有簡報和紙本資料的情況下，僅憑著過去執行的記憶，向客戶介紹公司的優勢。

那一刻，他整個人彷彿在發光，而一旁的我儼然是個沒有用的擺飾，占空間。對初入職場的新鮮人來說，沒有經驗就是原罪。

多虧前輩，提案半小時便結束，他帶著我去吃午餐，點了一份點心請我，甜的。

「來，我請客，吃吧。」似乎是看出我的沮喪，他沒有怪罪我，反倒來安慰我。

「Paul哥，抱歉，我沒有準備好，還差點搞砸。」

「正常，工作就是這樣。就算看起來已經做好所有準備，也會有突發狀況。這間公司本來就是做線上活動的，他媽的，突然跟我拗線下活動，妳當然不知道怎麼辦。那傢伙就是看妳年輕欺負妳。」

我沒有說話，低頭看著餐點。

他將點心推了過來，「吃不下飯的話，吃點甜的吧！妳們小女生不都喜歡這些嗎？」

「我不算小女生了吧？」我有些反抗。確切來說，是不喜歡被當作小女生的感覺。自從畢業後，我就很不想被這樣形容，因爲作爲一個什麼都不會的菜鳥，這樣稱呼我，讓我感覺自己更沒用。

「就算不是小女生也可以吃啊！人生這麼苦，就該吃點甜的。趁現在多吃點，因爲以後只會更苦。」

聞言，我愁眉苦臉，他看著我又說：「唉……誰沒當過菜鳥，我也當過菜鳥啊！想當年我玉樹臨風，辦公室的姐姐妹妹看見我，哪個不是眉開眼笑的，但還不是什麼都不會、被罵個半死，還在辦公室加班到半夜。如果還哭得出來，代表妳還年輕，老了以後想哭還哭不出來，乾眼症。」他雲淡風輕地和我開玩笑。

那天，是我進公司後第一次嘗到喉頭發澀的苦，還有鼻頭發酸的甜。

「是這間對嗎？」

茶水間外傳來的男聲喚回我的思緒。

我回頭一看，男人很高，身形挺拔，身上的西裝很合身，看起來價格不菲。嚴肅的西裝穿在他身上，沒有迂腐老成的感覺，反而像鍍了一層貴氣，整個人熠熠生輝。

相隔著一段不遠的距離，他的側臉非常清楚——和記憶中一樣。

感情這種事情很奇妙，當你以爲它已經消失時，就會突然出現，又急又快，像潮水一樣，將來不及逃的你淹沒。

「學長，你怎麼也在這裡？」

「等人，妳呢？」

「我……也等人。」

「學長，你還好嗎？」

「我等的人，不會來了。」

那天，他說過的話、他低頭的角度與落寞的神情，甚至是空氣中微雨的氣息，都還深深烙印在我心底，彷彿從沒離開過。

「傅經理，怎麼了？」他身旁的人語氣關心地問，那人手中抱著資料，大概是助理。

回過神，我才發現他也看著我，表情一言難盡。

「是認識的人嗎？」助理又問，視線落在我身上。

我愣愣地看著他們，忐忑不安。

他認出我了嗎？我的樣子還好嗎？是不是老了、胖了？我今天的妝好像沒畫好，會不會太濃？

聽見他的聲音，我腦中紛亂的思緒才消停。

「不認識。」

他說不認識。也是，都過多久了，誰會記得我啊？不過是一個沒見過幾次面的學妹，他八成連我的名字都忘了。

「走吧。」他告訴身旁的人，說完便進入會議室，正是我要簡報的那一間。

我回到會議室時已是五分鐘後。

「妳掉進馬桶裡？」徐靖陽走過來問我。

「剛爬出來。」我回。

他只是笑了笑，將簡報筆交到我手上。

很快，簡報開始了。

這次的專案，我們以高中時曾經辦過的活動創意爲發想，爲幸運兒設計的匿名告白活動。

只要在網路上公開分享產品使用照片及心得，就能參加抽獎活動。除了豐富的實體獎品，還會從參加者中抽出三名幸運兒，爲他們量身打造告白活動。

簡報完畢後，客戶提出討論。

「妳剛剛說告白活動，這跟我們的產品有什麼關係嗎？」其中一位發問。

「產品是以年輕男女為主要客群，且產品上架時間正好是情人節前，能搭上情人節的討論話題增加宣傳強度。我們可以強調，使用產品後，不僅改善肌膚狀況，更能讓自己由內而外散發自信，連告白都更容易成功。即便不敢告白，只要參加活動，就有機會得到匿名告白的幫助。」

客戶點點頭，看似接受了這個答覆。

「那網路宣傳有什麼特別的策略嗎？」另一個女職員提問。

「我們可以針對交友網站加強廣告刊登，關鍵字和社群媒體就如剛才簡報所說，針對情人節、告白、戀愛等關鍵字下廣告。」徐靖陽很快地回答。

接著，一位一開始就板著臉的主管開口：「妳說了這麼多，我要怎麼確定你們這些告白活動能吸引到人，有什麼佐證嗎？」

「針對這個提問，有相關市調數據。」溫昕很快地拿出資料。

「市調數據有多少可信度？我就問，在座有多少人會認眞做市調？不都是幫忙朋友塡問卷抽獎，都是隨便亂塡的。與其搞這些有的沒有的噱頭，不如直接辦幾場記者會，發發新聞稿就好了。你們年輕人不要不相信，老方法有他的好處。」這個主管滔滔不絕。

徐靖陽靠過來壓低聲音對我說：「這老傢伙不要這些活動，是在砍我們預算，不要順著他。」

我想著怎麼說服他，這時，一直坐在主位的那個人說話了。

「劉主任好像很懂這些行銷手法。」他似笑非笑。

「呃，就是略有研究。」

「研究到什麼程度？」

「也……也就是皮毛而已，當然沒有這些專業的厲害。」那個主管比了比我們。

「既然如此，那就聽專業的建議吧。我覺得不錯。」他說。

我們三個人同時鬆了口氣。

「不過，我有個問題。」他話鋒一轉，剛放下的心又提起了。

「請說。」我看著他。

他深深地看了我一眼，「什麼告白活動都可以嗎？」

他的眼神太認眞，認眞到我無法移開眼。

我就這樣停頓了許久，直到徐靖陽用手肘碰了碰我才回神，「對，什麼告白活動都可以。」

意識到自己的回答很倉促，我立即補充，「但是我們會與抽中的人開會討論具體行動，設定最適合的方案。」

他點了點頭，微笑道：「謝謝妳的回答。」

一小時後，會議結束。

提案很順利，我們三人幾乎是跳著離開那間公司的，還一邊討論要如何慶祝。

走出公司大廳前，一道聲音從我身後傳來，叫住了我。

「等等，一帆。」

這聲線，我很確定沒有聽錯。轉身一看，是他。

他一改方才在茶水間的冷淡態度，面容和煦地向我打招呼。

身旁的徐靖陽看了一眼，拉著溫昕先離開去餐廳占位。

我愣在原地，看著他朝我走來，距離從三步、兩步、一步，直到與我面對面。

「眞的是妳。」他似乎挺高興的。

「學長。」我開口，有些尷尬。

「沒想到會在這裡遇到妳，眞的很巧。」

我只是點頭，不知道該回答什麼。

「剛才，不好意思。」他垂眸。

「啊？」

「我剛剛看見妳了，卻裝作不認識。」

裝的？

「沒、沒關係，你這麼忙，也沒時間跟我哈拉，這很正常。」我努力佯裝不在意。畢竟，成年人的世界，不形於色是最基本的原則。

「不是，不是因爲這個。」他凝視我。

嗯？什麼意思？

「如果被人知道我們認識的話，會有利益迴避的問題，我恐怕不能參加剛剛的提案會議，但我想跟你們合作。」他的眼神清澈，不像被社會折磨過的人。

儘管社會世故又迂腐，那個活在我心裡的人，仍沒有被歲月摧殘，還是那麼美好。

「謝謝你，學長。」我告訴他。

「對了，妳同事呢？」他張望。

「噢，他們先去餐廳占位子了。對了，他們也是以前三中的，我同學。」

他點點頭，「妳旁邊那個男生我有印象，你們好像經常玩在一起？」

「就……朋友，也沒多熟。」我打哈哈。

「這樣啊，眞羨慕你們。」

我指了指手機，「學長，他們在催了。那我先告辭，學長再見。」我揮揮手，準備離開。

「一帆。」他又開口叫住我。

我回頭，他好看的笑容，在陽光下燦爛無比。

「妳今天表現得很好。」他的聲音傳來。

不知道是不是進入社會久了，太習慣被批評怪罪，偶然聽見稱讚，竟讓我有些想哭。室內的空氣偏涼，但眼眶很熱，酸意一點一點占據鼻腔。我嘗試扯開唇，回他一個不經社會折舊的笑容。

與學長道別後，我踏著輕快的步伐，前往徐靖陽他們所在的餐廳。

「二十三分鐘。」徐靖陽看著手錶說。

「蛤？」我不明所以。

「他是指妳遲到二十三分鐘。」溫昕補充。

「那我先罰三杯，我先乾，你們隨意。」我拿起水杯往嘴裡灌。

「一帆，剛剛那個是誰啊？」溫昕好奇地問。

「傅延川。」徐靖陽一語道破，我嗆得噴出水。

「嘖，沒衛生。」徐靖陽嫌棄地拿紙擦著身上被水濺到的地方。

「那個傳說中的傅神？」溫昕驚呼。

「什麼傳說啦？有夠浮誇。」我又喝了一口水壓壓驚。

「三中的『傅神』傅延川誰不知道。剛剛那個是傅神，我都沒發現。」溫昕撐著頭。

徐靖陽立即吐槽，「妳要是能認得出來，就不會被人家叫雷公。」

「水！」我伸出手和他擊掌。

「噢，謝謝喔。」溫昕撇嘴。

「不過，一帆妳不是很喜歡他嗎？怎麼就這樣回來了？」溫昕睜著無辜的雙眼問。

「不然我要怎麼樣？」

「好歹要把人帶來吧？」徐靖陽說。

「不然，妳要到電話了嗎？」溫昕也說。

我搖搖頭。

「唉，一點長進都沒有。」這句話居然是溫昕說的，兩人還擊掌。

「拜託，也不知道人家是不是單身、結婚了沒？萬一他早就結婚，還有小孩了，怎麼辦？」

「藉口。」

「俗辣。」

兩人再一次擊掌。

「他現在是我們的客戶，是甲方、是乾爹好嗎？想這些有的沒有的。」我拍拍手試圖讓他們清醒點。

「暗戀對象變成乾爹……聽上去眞刺激。」徐靖陽不知道想到什麼不可告人的東西。

「不要把你的喜好說出來。」我把溼紙巾往他嘴裡塞。

「妳不試試怎麼知道？」徐靖陽躲過我的攻擊，撐著頭說。

「試什麼？你眞的被人包養了？」我睜大眼睛看著他。

他忍住火氣，按著太陽穴，「試試看再跟他告白啊。」

我張了張口，頓時不知道該說什麼。

第二章

喜歡傅延川這麼多年，我也不是沒想過告白。

好多次我都猶豫著要不要說出口，只是，我可能時運不濟，每次都不太順利。

第一次有機會告白是在高二——

下學期，傅延川考上了大學，是國內數一數二的名校。學校紅榜上大大的字，昭告所有人他亮眼的成績，他的名號更是傳遍校園各個角落，大家都在討論，三中的傳神滿級分考進頂大，並且考出三中五年來最好的成績。

儘管已經有學校念了，他還是天天到校上課，沒馬虎過，人人都誇他優秀。我當然知道他多優秀，早就知道了。

大考結束，高二的學生開始晚自習，而傅延川在老師的委託下，接任糾察隊的工作，每天都會到高二巡邏。

晚自習大概是很多人求學時的陰影，聽著放學鐘響卻不能離開學校，短暫休息後，就要繼續念書。然而對我來說，那一聲聲鐘響在告訴我，我又能見到傅延川了。

五月底的傍晚，天空一片彩霞。

晚休時，我偷偷溜出教室，輕輕帶上門，躡手躡腳地準備前往福利社。

我左右張望，前方，沒有人，後方，沒有人，教室裡也沒有人醒來的跡象。很好，一切都很完美。

正當我要下樓梯時，身後傳來聲音。

「同學，請問去哪？」

完蛋了。我緩慢地回頭，是的，是傅延川。

他站在走廊轉角處，餘暉映照在他的側臉，更凸顯他立體的五官。兩道濃眉下精緻的雙眼直勾勾地盯著我，他調整了手臂上的糾察隊臂章，朝著我走來。

「學、學長。」我瑟縮地開口。

完了，好不容易遇到傅延川，竟然是因爲被他抓到晚休偷跑出教室，好丟臉。這不是我要的巧遇啊！

「妳哪一班的？」他走到我面前。

「我……」

他低下頭瞥了眼我的學號，「四班的。現在是晚休，妳不在教室裡，要去哪？」

「我去廁所。」我隨口說了個理由。總不能說，我是爲了搶福利社新出的麵包，才偷溜出來的吧？

「可是廁所在那邊喔。」他指著走廊盡頭。

我就知道。

咕嚕——咕——嚕——

我的肚子就這麼在傅延川面前叫了不只一聲，那一瞬間，我很確定人類有一種死法，叫「丟臉死」。

我好想挖個洞直接把自己埋了。

他停滯了幾秒後開口：「沒吃飯嗎？」

「呃……我……」

我實在很難開口告訴他，我剛剛吃了十五顆水餃，再加上一碗酸辣湯，只是又餓了。

他看了看手錶，「妳先進去吧！晚休快結束了，待會晚自習打瞌睡。」

我點點頭，走進教室。

鐘聲響起，晚自習開始。

儘管我一下課便衝到福利社，但新出的麵包早已被搶購一空，我只能黯然回到班上。一進教室，就看見徐靖陽站在我座位旁，我的桌上還放了某個東西。

「你幹麼？」我問他，視線落在桌上那個東西，是一個菠蘿麵包，「給我的？」

我很意外，這狐狸什麼時候這麼大方，平常連跑個腿都要收錢的人送我麵包？那一刻，我爲了我們之間若有似無的友誼而感動。

他搖搖頭，用下巴示意，「不是我，紅榜上那位送的。」

紅榜……傅延川？

我不靈光的腦子飛速轉動。麵包是他送的，他以爲我沒吃晚餐特地去買的嗎？

我問了徐靖陽，他說，晚休一結束，傅延川就拿著麵包到教室外，託人拿給我。

他說完，伸手要拿那個麵包，我立即拍掉他的手，「幹麼？」

「妳又不吃菠蘿麵包。」

「你管我吃不吃，這是我的，走開。」我將麵包護在懷裡。

「我眞搞不懂妳們這些女生。」他搖頭，回到位子上。

是啊，我也搞不懂我自己。那不是我心心念念的新口味麵包，只是一個再普通不過的菠蘿麵包。

後來，直到晚自習結束，我都沒有吃那個菠蘿麵包，我小心地將它放進書包。

晚上九點，爲了早點回家，我抄了條近路。小路荒僻、路燈昏暗，我走得有些心慌。

經過一間民宅時，有個男人蹲在角落抽菸，我低著頭快步經過他，沒想到，他默默跟了上來，我趕緊加快步伐，他也是。

腳步聲在狹小昏暗的巷弄內顯得更清晰，一聲聲，讓我緊繃著神經。

忽然間，那個男人突然抄到我前面停下，他沒有說話，只是朝我走來。我嚇得大叫，街區陰暗，但凡他將我打暈或拖走，我一點倖存的機會都沒有。

我渾身都在顫抖，一步步後退，想著身上有什麼能防身。

怎麼辦？我該怎麼辦？

「一帆，妳怎麼在這？」

我聽見了一道清澈的男聲，尋聲望去，傅延川穿著外套站在幾尺外的路燈下，他步伐寬大，朝我走來。

「很晚了，走吧。」他說著，很自然地拉著我一起走，我就這麼傻傻地被他牽著。

我抬頭望著他，他直視前方不發一語，回頭看，那個男人回到原本的位置抽菸。

「他沒對妳怎麼樣吧？」遠離那裡後，確定男人沒有跟上，他才出聲。

「沒有。」我的聲音發顫。

「下次別一個人走這條路，太暗了，又沒人。」

「好。」

他嚴嚴實實地握著我的手，許是擔心我害怕，就這麼牽了我一路，直到領著我走到大路上才放開。

脫離險境後，我的眼淚才慢一拍地流下。

越想越害怕，淚水也不斷湧出，我低下頭擦眼淚。

「還很怕的話，我送妳到家門口。」他的手掌覆在我腦袋上，掌心的溫熱一點點傳來，方才的擔心忐忑不復存在。

我搖搖頭，用濃濃的鼻音回：「我沒事……」

「抱歉，剛剛太臨時，想不到什麼好方法，就裝成妳朋友牽著妳走。」他淺聲道歉。

「不會，謝謝你救了我。不過，學長你怎麼知道我的名字？」

「妳制服上不是有繡嗎？喬一帆，一帆風順的『一帆』。」

我一怔，原來他記得。

「對、對耶，我都忘了。」我不好意思地撓頭。

「妳家在附近嗎？快回去吧，很晚了。」他扯緊了背包背帶，準備離開。

我點了點頭，「好。」

「啊，對了，那個麵包，謝謝。」我說。

他微微笑著，眸光如星。微弱路燈下的他，全身上下都帶著不被蒙塵的少年鋒芒。

「不客氣，下次記得吃飯，先走了。」

傅延川轉身離開那條街，背對著我揮手道別。

我按了按不肯平息的左心口，暗自感嘆，總有那麼一個人讓你相信，那些人世間所稱頌的美好不是虛傳。

然而，我終究沒能將心意說出口，也沒想到，天底下沒有那麼多機會，讓你等到下一次告白。

✉

餐點很快送上桌，滿滿一桌菜餚，有幾分中元普渡的樣子。

「妳現在如果不試，他真的就要結婚生小孩了。」徐靖陽邊說，還挖走我一口飯。

「不要。」我悶聲。

「妳這樣單戀下去，他一輩子都不會知道。」他輕輕地說。

「我知道啊……」我用筷子戳著碗裡的飯菜，頓時沒有了食欲。

「你說得容易，又不是所有人都像你，交女朋友跟吃飯一樣，只要開口就有得吃。」

溫昕撐著頭說。

這話不假，徐靖陽和我們兩個不一樣，他從來沒為感情的事情煩惱過。

他高一下轉到我們學校，每個學期都有人跟他告白，認識的同學裡，也不乏欣賞他的人。當然，是在深入了解他之前，因為仰慕者們見識過他的刻薄和狡詐後，就會知難而退了。

「那也要願意開口啊，妳們連張口都沒有吧。」他一語中的，我和溫昕心虛地撇頭。

「好歹要有行動吧？製造機會啊，不然我們以前那些告白活動做假的？」他看著我們，「妳喜歡一個人，但是不讓他知道，那跟沒喜歡有什麼兩樣？」他鮮少如此認真。

「失敗了怎麼辦？」我的問話使他一噎。

「如果我和他告白，但是他拒絕了怎麼辦？我沒辦法裝作不知道這件事情，他也沒辦法，最後勢必會和我保持距離，我再也沒辦法作為一個普通的學妹喜歡著他，就連最後一點希望都沒有了。如果是這樣，那我寧可沒有告白。」我看著他。

暗戀者就是這樣，只要不告白，永遠都有機會被喜歡的人看見。一旦被發現了，連偷偷喜歡的機會都沒有了。

徐靖陽沒有再說話，低著頭喝水。

溫昕的表情有些尷尬，出聲打圓場，「好啦，我們不說這個了，不然……我們去拜月老？」

我和徐靖陽聞言望向她。

「你們沒聽過嗎？北霞海、南祀典、中樂成。」溫昕說的頭頭是道，我也跟著點頭。

「等等，月老？」徐靖陽來回打量我和溫昕，不敢置信。

「對啊，你知道嗎？網路上有很多人分享，拜完月老就遇到了真愛耶！而且霞海城隍廟也不遠，既然不知道怎麼主動出擊，那不如請月老幫忙，說不定傳神會突然感受到妳的魅力。」

「還有這回事？」我兩眼放光，月老這麼神奇的嗎？

「聽起來像中邪。」徐靖陽出聲，表情極其不屑。

溫昕睨了一眼示意他閉嘴，繼續說：「我之前在網路上看到，有人拜了月老之後，分手五年的前任突然回來找她復合，最後還結婚了！」

「這麼神奇？分手五年還能結婚？」我驚呼。

「可是你和他十年沒見了。」徐靖陽冷嗤。

溫昕又接著說：「也有人暗戀了很久，拜了月老後，告白就成功了，厲害吧？」她臉上滿是得意之色。

「那也是她願意告白啊！重點是告白。妳們寧可相信這種虛幻的東西，也不願意直接行動追求對方？」徐靖陽不耐煩地潑冷水，見我們的不滿表情，他用手做了拉拉鏈的動作，乖乖閉嘴。

我明白他的意思，但做不到。

人寧可相信看不見的緣分，也不願意相信自己努力的成果。

「怎麼樣？去嗎？」溫昕問我。

月老啊……

週六，迪化街上滿是人潮，不乏有許多穿著潮流的年輕男女，一看就知道是爲了拜月老而來。

霞海城隍廟隱身在復古的街巷裡，附近有雜貨店、小吃攤和舊式布料店。

經過那天的激烈討論，我們還是決定到月老廟拜拜，求個保佑。

令人不解的是，百般痛恨怪力亂神的徐靖陽也跟著來了，甚至很準時。

呵，男人，口是心非的男人。

「啊，那裡！」溫昕指著五點鐘方向。

不遠處有一間小廟，上面有紅色的招牌寫著「霞海城隍廟」。沒有富麗堂皇的裝飾，看上去也不是特別瑰麗莊嚴，就這麼守在一個小小的地方，安安分分爲無數善男信女安排姻緣。就像在背後爲你的戀情默默付出的朋友。

我們跟著廟方人員的指示買了金紙和香，將東西放在供桌上，我才驚覺我沒帶供品。

這時，徐靖陽嘆口氣，將他一直提著的袋子遞過來。

「給妳們的，就知道妳們沒準備。拜月老連供品都沒帶，我要是月老，肯定不給妳們紅線。」他嫌棄歸嫌棄，還是幫忙把東西放上托盤。

「那你怎麼辦？」我問。

他只準備兩份，給了我和溫昕，他就沒東西拜了。

「我在這等妳們，反正我也不信這個。」他一臉無所謂，收拾著其他東西。

「呸呸呸，你這樣對月老不敬，會孤獨終老。」溫昕趕緊摀住他的嘴。

我接著說：「行行好，老兄，您可千萬不要孤獨終老，我不想老了還得陪你抬槓。」

說完，我拉著他一起走進廟裡。

我們跟著指示參拜，拿著幾炷香站在殿前誠心許願。

廟裡不大，擠滿了來求姻緣的人。每個人手中攥著香，眼中滿是期盼，像是握住一線機會，獲得愛情的機會。

我拿著香，抬頭看著月老的神像。

雖然溫昕把月老的神蹟說得天花亂墜，但是，許願要傅延川馬上喜歡上我什麼的……連我自己都不信。

我想，我需要的不是突然的奇蹟，只要一點點幸運就好，讓我在追求愛情的過程更加順遂，也不再因爲一點挫折就放棄告白。

希望，我可以不再錯過抓住愛情的機會了。

旁邊的溫昕很認眞，目光炯炯地凝視神像，口中念念有詞，而徐靖陽則色若死灰，眼神毫無波瀾，只是拿著幾炷香，看神。

走完一輪流程，我們到廟外的空地歇息。

「你剛剛到底有沒有認眞拜啊？」我問徐靖陽。

「有啊。」

「你求了什麼？」

「客戶見到我就開心，老闆想到我就加薪。」

我指了指他的腦子，「老兄，你沒事吧？這裡是月老廟。」

「工作就是我最好的歸宿。」徐靖陽冷冷地說，彷彿是個清心寡慾的和尚。

我湊近，搭著他的肩，「兄弟，你以後要是眞的老來無伴，我會留著我家陽臺那塊地給你。哥兒們罩你，別擔心。」我拍拍胸脯。

一直在旁邊滑手機的溫昕聽了直呼：「一帆，妳也太小氣了吧！沒關係老徐，我留球球的狗屋給你，遮風避雨還附三餐，不用謝。」她拍拍徐靖陽的背。

他抽了抽眉，看著我倆，「最毒婦人心。」

原本，我們打算拜完之後去附近的餐廳吃飯，但徐靖陽接了通客戶的電話，便匆匆趕回公司，溫昕也突然有事要先告辭。

這是怎麼回事？這兩人一個去見客戶，另一個神神祕祕的，不知道去見誰。怎麼？才剛拜完月老就實現願望了嗎？這速度比我叫外送還快，現在連神明都這麼有效率了嗎？

於是，我只能一個人到訂好的餐廳。

餐廳就在廟附近，網路上的評價不錯，店內是復古風的裝潢，很適合拍照打卡。當然，這和我一點關係也沒有，老娘是來吃飯的。

我被安排在角落的四人桌，點完餐後，我一邊充手機的電，一邊尋找最近熱門的網路影片。

「不好意思。」是一位服務人員，「請問，這位先生能和您併桌用餐嗎？」

我轉頭，是一個高壯的大男孩，他看著我笑得很開心。

「小劉？」

「一帆ㄍ……一帆姐！」

「你也在這？坐啊，別客氣。」我驚喜地看著他。

男孩撓撓頭，靦腆的學生氣息展露無遺，「你看，我就說她會答應併桌吧。」他笑著對服務人員說，估計從剛剛就看見我在這裡了。

小劉是公司的實習生，大四，目前就讀媒體相關科系。他的外表陽光帥氣，人很機靈，辦事又俐落，從他進公司開始，每一天都有女同事請他吃點心。

「你放假沒跟女朋友約會？」我問。

「我沒有女朋友……」他可憐兮兮。

「男朋友呢？」

「什麼男朋友，我是直男，姐妳開什麼玩笑？」他緊張地解釋，有種欲蓋彌彰的味道。嗯，不排除深櫃的可能性。

「姐，妳一個人在這裡幹麼？」他繞開話題。

「除了吃飯還能幹麼？難不成我看起來像是來煮飯的嗎？」我比了比。

「徐哥和昕姐沒有和妳一起來嗎？」他左顧右盼。

好傢伙，一句話就問到重點了。

「沒有，我和他們又不是連體嬰，天天黏在一起。他們放我鴿子。」我沒好氣地說。

「所以……你們原本要一起來吃？」他想了想，下了結論。

得，還是個人精。我擺擺手，「別聊這些了，你呢？再幾個月就要畢業了吧，你要來我們公司嗎？」

他遲疑片刻，溫吞吞地回答：「我……我還在考慮。我還蠻喜歡媒體廣告的，工作內容很有趣，雖然很累……」

「薪水還不高。」我補充。

他笑了笑，「對，可是……我很喜歡和你們一起做廣告。邊吃飯邊討論創意概念，講到激動處還會咬到舌頭；準備記者會的前置作業，忙到半夜直接睡在公司，最後再一起完成很棒的作品。」

他眼裡閃著光，和初來乍到的我一樣。

儘管這份工作每每讓人沮喪疲倦，但只要想起自己完成了一個有趣的活動，或被人稱讚的廣告，那些興奮的成就感便填滿內心，滋潤了被生活折騰到遍體鱗傷的自尊心，能繼續燃燒鬥志。

曾經，我也那麼喜歡自己的工作。

「不要忘記你現在的想法。」我告訴他，「生活會磨掉你的熱情，像是難搞的客戶、光說不練的上司、沒有盡頭的待辦事項……都會讓你痲痹。而你繼續堅持的原因，只剩這個。」我的手指比了比。

「手指愛心？」

「錢啊，孩子。」

「那姐一開始為什麼要做廣告？」

「因為喜歡做夢。」

初出社會的自己，看著那些事業有成的經理人，滔滔不絕地說著「用創意改變產業、用熱情支持夢想」，就一頭熱地跟著做大夢。直到跌得狗吃屎才知道，夢想是夢想，生活是生活，一點關係都沒有。

這個社會很奇怪，在學校總跟你談夢想、鼓勵你追夢，出了社會，沒人想知道你的夢想，只跟你談生活。所以，一個人要是沒有背景，夢想這件事，想想就好。

餐點上來後，小劉和我有一搭沒一搭地聊著。忽然間，一陣尖銳的叫罵聲打斷我們的對話。

「你又要去找誰，那女的是嗎？她知不知道你結婚了？加班？加班個鬼！賤人，你們兩個賤人！」

女人對著電話咆哮，聲音之大，我和小劉盡收耳裡，也引來其他客人的側目。

不一會兒，女人怒斥三字經，整個餐廳都是她的聲音。她掛上電話，低著頭拭淚，沒多久便離開餐廳。

戀愛和婚姻是兩回事，在戀愛關係中的浪漫情懷，不見得能在婚姻關係中發揮作用，因爲我們的生活往往不是偶像劇，而是紀錄片。

✉

週末只忙著向月老求姻緣，忘了自己岌岌可危的事業運，一上班，公司就出大事了。

剛到公司，位子還沒坐熱，就接到老張的電話，叫上我、溫昕和徐靖陽到辦公室。

老張告訴我們，提交專案的執行企畫書後，活動部門反應執行預算有問題，以目前的規畫執行，公司一定賠錢。

會議上，活動部同仁很無辜地表示，當初抓預算是按照過去執行的習慣，這兩天查價時才發現物價飆漲，很多報價都不符成本。

也就是說，活動部壓根沒想到我們會提案成功，規畫時的預算抓得很粗略，現在仔細評估才發現落差有點大，需要修改內容。

經過幾個小時的會議，最後決定修改執行企畫書，隔天交給客戶，意思就是要加班。

我抬頭看著時鐘，好樣的，下午兩點，明天早上之前，我們要生出一份新的企畫書。

走出會議室後，徐靖陽深吸一口氣，「溫昕，妳負責背景資料跟市調報告。一帆，媒體宣傳交給妳。剩下的我處理，OK？」

我和溫昕點點頭，回到位子。

此時，活動部副理Sam帶了幾個人到我的座位，如果不是他臉上的虛偽笑容，那陣仗會讓我以為他要找我幹架。

「帆姐，聽說你們拿到case了，還是那個最難搞的客戶。老張剛剛甚至跟我們炫耀，你們新媒體部業績開紅盤。真的是喔，我馬上叫這些小朋友來跟妳學習。」

他回頭喚著那些年資和我沒差多少的同仁，「看見人不會叫啊？叫帆姐。」頗有家長叫小孩跟長輩問好的既視感。

「帆姐。」

「帆姐好！」

「請帆姐多多照顧。」

Sam靠近，熱絡地搭著我的肩，「我們帆姐真的不一樣，才來幾年而已，就搞定我們最難搞的客戶。」

他對著那些同仁說：「看到沒有？人家是眞本事，學著點。」

「沒有沒有，副理過獎了。」我擺擺手。

他的應對讓我相當不習慣，畢竟上週他還叫我「欸，那個」，現在卻一口一個「帆姐」，我實在不知道怎麼回應。

「叫什麼副理，叫我Sam就好了。」他拍拍我的肩，客套了幾句後，便帶著那些同仁離開我的座位。

我剛坐下，溫昕就走了過來。

「哇，也太誇張了吧！他上週不是說，『新媒體部是拖油瓶，坐等別人養的冗員』嗎？現在態度也差太多。」她說：「他的本業是演員吧？」

「可能學過川劇變臉。我剛來的三個月，他根本不鳥我，把我當空氣。」我伸懶腰。

「現在我們業績好了，他的態度就不一樣了。一帆姐——」溫昕學著他矯揉造作的聲音，我的雞皮疙瘩落了一地。

我看著電腦螢幕上映出的自己，一樣的五官、一樣疲倦的神情、一樣寫在臉上的涉世未深。這張臉，上週還被人說是沒用的菜鳥，現在卻變成業績開紅盤的頂尖業務。

眞是奇怪，有些事情越長大越不明白。

晚上八點半，辦公室的人走得差不多，只剩下我們幾個還在奮鬥。我打了個呵欠，起身到公司樓下的超商買咖啡提神。

我在超商內晃了幾圈，拿了幾包零食，站到酒類的冰櫃前。猶豫幾回，我挑了其中一罐濃度不低的啤酒——幹這行的，都需要一些酒精讓自己放鬆一下。

「喬一帆。」一道聲音響起。

我呼吸一滯，轉頭，是傅延川。

「學長……」我腦袋一片空白。

不是，同樣的事情怎麼隔了這麼多年，還是一樣狼狽？

他挑了挑眉，視線移到我的手上，我手中的啤酒顯得特別突兀。

「長進了啊，現在喝酒？」他說。

「呵、呵呵，我……不是我要喝的，我幫我同事買的。」

他淺淺地笑了，看起來沒有要相信的意思。

「呃……我……」

他靠近我，伸手打開我身後冰櫃的門，拿出一瓶同品牌的啤酒。

「走吧，結帳。」他轉頭看著我說。

我愣了愣，點點頭，跟在他身後。

超商門口處有幾張座椅，我們挑了位子坐下。

「忙到現在？」

「臨時有事情，加班。」

「我聽說你們要調整企畫內容，怎麼了嗎？」他打開啤酒，發出「啵」的聲音。

「就……一言難盡。」我笑了笑，試圖打開手上的啤酒，嘗試幾次都沒成功。

他拿過我的啤酒，俐落地打開，綿密的泡沫從開口滿出。

「謝謝。」我接過啤酒，和他碰了碰酒罐。

一口飲下，冰涼的液體經過喉嚨流淌進體內，反倒帶來陣陣燥熱。

「你怎麼會來這裡？」我問他。

「我聽說你們要改企畫內容，擔心會不會是出了問題，就來看看。結果還眞的被我逮到妳了。」

「怎麼每次遇到你都是這種場面啊？」我皺眉。

「對耶，高中的時候也是，妳晚休不好好睡覺，偷跑出去。」他回憶著。

我只能乾笑附和，心中卻有別樣的欣喜。

原來那些回憶不只我一個人記得。

他看向窗外的夜景，有稜角的側臉映著點點霓虹。他和我記憶中的一樣，也不一樣，一樣那麼迷人，卻不再遙遠。

我從沒想過還能再見到傅延川，這一切都幸運得不可思議。

高中的時候，我最喜歡坐在靠窗的位置，沒事就往外看，看能不能見到傅延川。

傅延川的教室在二樓最邊緣，上專任課或要去操場打球，都會經過我們班。下課時，我都會偷偷趴在桌上假裝看書，趁他經過看他一眼。

因爲擔心舉動太過明顯會令人生疑，我只敢用餘光偷偷看他，直到確定他不會回頭，我才敢光明正大地盯著他的背影，目送他離去。

我的每個課間時分都有他的身影，儘管他未曾知曉。有些心酸，卻滿足。

「一帆，沒事吧？」他在我眼前揮了揮。

許是我看得太入神，沒意識到傅延川早已注意到我的視線。

「啊？」我忽地回過神。

「累了要不要先回家休息？」

我擺擺手，「沒關係，我案子還沒弄完，今天應該也要到半夜了。」

「妳經常加班嗎？」

「嗯，我們這一行都這樣，加班跟喝酒一樣，多了就習慣了。」我撓撓頭。

「我們也常常開會開到昏天暗地，還是討論不出結果，最後只能讓下面的人加班做事。苦的永遠是底下那些人。」

他揉了揉太陽穴，笑得無奈，眼尾有些許魚尾紋，他臉上也有著社會風霜的痕跡。

高中畢業後，我就沒有再關心傅延川的消息，只偶爾透過一些老同學輾轉知道，他在頂尖的大學畢業後到了一間大公司，依然優秀。至於他是不是單身、結婚了沒、有沒有小孩……我一無所知。

「原來學長也會有煩惱的時候。」我開口，可能是酒精作祟，我膽子也大了起來。

「怎麼這麼說？」他笑問。

「你知不知道，高中時人家都叫你什麼？」

他搖搖頭，表情疑惑，看起來是渾然不知。

「傅神，三中傅神。春日繁花蔚滿山，才貌雙全傅延川。」我學著校園裡大家對他天花亂墜的吹捧，完完整整地演示。

他笑著搖頭，「這什麼牛頭不對馬嘴的東西，我怎麼都不知道？」

「你那個時候除了讀書，根本沒把其他事情放在眼裡，當然不知道。」所以才會連那麼多人的愛慕都毫不知情。

「有嗎？」他思忖。

「有啊，當時喜歡你的人可以繞學校好幾圈了。大家都說，傳神長得帥、成績好，還是學生會長，能跟他在一起的女生，上輩子肯定拯救了地球。」

他笑而不語，倚著身後的玻璃牆。

窗外的霓虹閃爍，將他的五官渲染出神祕的風采。

和我第一次見到他時一樣。

✉

三中離我家很遠，搭公車也要半小時以上。雖然聽起來沒什麼，但要是遇上特別的日子，那就很有可能會遲到，譬如開學典禮。

開學第一天，我就遇上大塞車，快八點半才到校。

我氣喘吁吁地跑進學校，警衛室裡的警衛大叔看我慌張的模樣，告訴我：「妳太晚來了，人家都去開學典禮啦。」

「請問開學典禮在哪裡舉行？」我喘著氣問警衛大叔。

「在大禮堂啊，就在那裡。」他指向遠方。

看著他比的方向，我似懂非懂地點頭。

面前。

見我一臉茫然，他喊了一個剛好經過的男生。那人聽見喚聲後一頓，朝我們走來。他身後是一片燦爛日光，那天太陽很大，光線刺眼，我看不清他的臉，直到他走到我面前。

「帥哥，幫個忙！」

「怎麼了？」他的聲音清冷。

「這個同學沒趕上開學典禮，不知道大禮堂在哪裡，你可以帶她去嗎？」

聞言，他看了我一眼，表情漠然，讓我不禁有些緊張，總覺得給人添了麻煩。

「沒、沒關係，我自己找……」我瑟縮道。

「走吧。」他說。

我沒有動作，他回頭看了我一眼，眼神帶著催促的意味，我才加快腳步跟上他。

他領著我穿越一條蓊鬱的林道，再經過幾棟風格古樸的建築物。耳邊不時傳來風吹過枝椏的沙沙聲和鳥語啁啾。

我跟在他身後，看著他高䠷挺拔的背影，一路上都沒有說話。

林道通往一棟白色大樓，我跟著他走上三樓，映入眼簾的是偌大的禮堂。

裡頭坐滿了今年入學的學生，班級很多，我一時找不到我的班級，站在後頭逡巡張望。

哐——

後邊的椅子被我撞倒，上面放的書冊掉落在地，幾個負責機動事宜的學長姐聞聲察看。

完了，我真是笨手笨腳。我連忙道歉，蹲下身撿拾書冊，模樣狼狽。

我低著頭收拾，汗珠從前額流下，雙手也微微顫抖，倏地，一道人影靠近我。

抬頭一看，是剛剛那個男生，他蹲下來幫我收拾一地書冊。

我愧疚地低著頭不敢看他，我想，他肯定覺得我很麻煩。

這種緊張焦慮的感覺好熟悉。國中時，我經常因爲反應慢、態度畏畏縮縮，被身邊的人嫌棄，不是說「妳怎麼這麼笨」，就是露出嫌棄的表情，偏偏這樣讓我更容易犯錯。於是，每次班際活動，我總在他們質疑的目光和小聲的討論中默默退場，站在一旁看。

而現在，我居然連小事都做不好。

「沒事，妳不要緊張。」他說。

我的手一滯。

「沒關係，慢慢來。」他繼續說，聲音很好聽，溫和得像清澈的水流淌過山間，不疾不徐。

我一怔，抬頭看著他。他的表情沒有任何不悅，淺笑著將我手上那疊書冊放回原處。

「知道自己是哪一班嗎？」他回頭問我。

我點點頭，「四班。」

他尋了會，指著某一處，「在那裡，快去吧。」

我恍惚地點頭，小跑步到位置上。

我聽見心跳聲如雷，不知道是因爲緊張還是心動。

終於坐定位，典禮已進行到一半。教務主任剛講完話，將麥克風交給司儀。

我左顧右盼，不見剛剛帶我來的那個男生，早知道應該問他的名字。

「接下來，請學生會長爲我們介紹，學生會今年度的活動。」司儀的聲音透過音響傳過來。

大禮堂的舞臺很寬敞，深紅色帷幕垂掛，上方的燈光聚焦在舞臺中央，一個人緩緩走上臺，不急不慢，站定位後接過麥克風。

「各位老師、各位同學早安。我是本屆學生會長傅延川，接下來爲各位說明學生會這學期的……」

是剛剛那個男生，他叫傅延川。

我坐在臺下仰望，此刻，我才終於看清他的臉，心中和其他人有一樣的感嘆。

「哇，眞好看。」

「長得好像明星喔。」

「傳說中的傅神啊……」

「星探都沒發現他嗎？太不認眞了吧？」

「還是學生會長？老天爺是眞的不公平。」

傅延川站在舞臺上說了很多有關學生會的內容，然而，除了他的名字，沒有任何一句進入我的腦袋裡。

「那個人叫傅延川。」

他的名字在我心裡停留了很久、很久。時至今日，我都記得在學校的大禮堂，舞臺上的燈光照在他身上顧盼生輝。

桌上傳來震動聲，是傅延川的手機。

他只是撇了眼，滑掉了。

「不接嗎？」

他搖搖頭，雲淡風輕地說：「不重要。」

但他的表情卻不是如此。

沒多久，他收拾了東西，起身，「先走了，下次聊，別太晚回家。」

他拍拍我的肩，離去。

那些若有似無的微醺，隨著他的離去退卻，現在的我清醒得疼痛。

回到辦公室，溫昕在通電話，非常投入。另一頭的徐靖陽，罕見地靠在椅背睡覺。

果然，人還是要服老，平常都是他拿我打瞌睡的照片笑我，這回被我逮到機會了吧！

我拿出手機，拍下他的睡顏。不得不說，老狐狸五官實在優秀，眉清目秀，眼睫毛又捲又翹，鼻子高挺鋒利如刃，嘴型輪廓清晰。他連打瞌睡都好看，就是個性差了點。

我要是有他這張臉，早就跟人談戀愛了，單身到現在真是浪費這張臉。

我繞到他身後想三百六十度拍攝，此時，電腦螢幕上的臉書頁面跳了訊息通知，對方的名字有點眼熟。

我想起來了，她是徐靖陽的前女友——蕭芸文。

她大我們一屆，也是這麼多年來，徐靖陽唯一一個交往過的女朋友。當時他們的戀情可是精采絕倫。

蕭芸文算是學校的風雲人物，我剛入學時就聽說過，她不僅長得漂亮，還是管弦樂團的成員，氣質好又多才多藝，追求者不計其數，甚至有籃球隊的學長為她打架。

徐靖陽高一下轉來我們學校，而高二上，他在學校廣場跟蕭芸文接吻，自此在學校一炮而紅。

打籃球的帥氣學長沒追到蕭芸文，會彈吉他的男同學也沒追到，反倒是這個橫空出世的學弟，用不到一學期的時間，就追到這麼受歡迎的學姐。

這個消息傳得很快，儘管他們倆都不承認，但全校都默認他們是一對。只是，學測結束後他們就分手了，後來兩人一點交集也沒有。

果然，學生時期的愛戀是脆弱的，從校服到婚紗的愛情，是神話、不存在的。

不過，從他們在一起到分手，這段時間，徐靖陽幾乎沒有和我們提過他和蕭芸文的事，像是怎麼追到她或他們的愛情故事。就連兩人分手，他也沒表現出悲傷，我和溫昕也就沒把這件事放在心上。

現在看來，情牽十年，徐靖陽仍舊沒放下這個初戀啊。

通知持續跳出看得我心癢，我看了看熟睡的徐靖陽，確認他沒有醒來的跡象，偷偷將手伸向滑鼠。

「我只是關心兄弟的感情而已。」

我告訴自己，一切都只是出於朋友的關心。

「妳在幹麼？」他突然出聲。

「哭夭。」我嚇得往後跳，人嚇人會嚇死人的，老兄。

他揉揉眼，聲音慵懶，「妳如果閒著沒事幹，去整理後臺數據，我的臉書不用呈給客戶。」

「她……找你幹麼呀？」我指著蕭芸文的訊息。

「要不我寫一篇論文跟妳闡述？」他皮笑肉不笑。

我心虛地搖頭。

以前他就很保護蕭芸文，鮮少跟我們談她的事情。這麼多年來，他對她的事也隻字未提，或許他真的不想讓人知道他感情上的事情吧。

「可以回去做事了？」

「喔。」我轉身，走向我的座位。

「一帆。」

他喚了聲，我停下了腳步。

「沒事，真的。」他說。

我點點頭，應了聲。

呵，誰信啊。

第三章

經過昨晚的挑燈夜戰，我們終於準時在一早完成企畫書，並提交給客戶。下午，我和徐靖陽請了假回家休息，溫昕則繼續留在公司處理事情。

好不容易回到家，我舒舒服服地洗了個澡，躺在柔軟的床上。正要進入夢鄉，惱人的手機鈴聲硬生生將我從太虛幻境拉回來。

我看了眼來電顯示，是徐靖陽。

不接。我翻了身繼續睡。

鈴聲持續響著，我厭煩地捂住耳朵。

鈴鈴鈴——

鈴聲又響，我抓起手機往床下一丟，終於消停了。

安靜了一會兒後……

鈴鈴鈴——

「你他媽有完沒完，老娘要睡覺！」我起身抓起手機吼。

電話另一頭傳來徐靖陽如鬼一般陰森的聲音，「出事了。」

下午三點，我和徐靖陽趕到公司。一走進辦公室，便聽見女人的咆哮聲。

啪——

髮絲凌亂的女人伸手給人一耳光。

「不要臉！妳年紀輕輕，做什麼事情不好，要勾引別人老公！怎麼？別人碗裡的比較香，別人床上的比較好睡嗎？妳爸媽怎麼教妳的？」

女人張牙舞爪地揮動雙手，像是要撕裂對方，動作之大幾乎要衝破攔阻。

那個女人我見過，就是在餐廳裡對著電話咆哮的那位。

而她打的對象，是溫昕。

溫昕被小劉護在身後，她捂著被打紅的臉，雙眼盈滿淚水，落下豆大的淚滴，「沒有……我沒有，我不知道……」她抽噎著，極力解釋她沒有介入別人的婚姻。

「呵，不知道……妳和方桓打電話、傳訊息的時候，不知道他有個老婆？媽的，騙誰啊？」那女人拿起手機，螢幕顯示著溫昕和方桓的聯絡紀錄。

方桓是公司的工程師，看起來老實憨厚且為人低調，所以公司內部也沒有人知道他的感情狀況。

原來溫昕這陣子看起來如此歡喜雀躍，還經常埋頭滑手機、講電話，就是因為方桓。我想，那次她找我們一起去拜月老，也是為了他吧？

不過，我從沒聽溫昕提過她和方桓有什麼互動，怎麼會被人家罵成這樣？

小劉擋在溫昕前面，對著那女人解釋，「不好意思，她跟妳先生只是同事而已，您真的誤會了。」

「誤會？這些訊息都是假的？是她夢遊的時候傳給方桓那個垃圾的？」
女人對著其他人歇斯底里地喊：「來！看啊！看這個婊子怎麼勾引別人的老公。裝成乖巧的樣子，私底下不知道是什麼騷樣……」
原先站在旁邊圍觀的人，也開始竊竊私語，質疑溫昕是別人婚姻的第三者，甚至有人拿出手機錄影。
「眞的假的？我還以爲她很單純。」
「不會吧，她看起來不像啊？是不是有什麼誤會？」
「不一定啊，說不定是裝出來的，人不可貌相。」
「眞是，什麼不當，要當小三。」
「比八點檔還精采。」
場面之混亂，連行政處室的人都跑出來看熱鬧，議論的人變得更多。
然而，儘管這件事情鬧得這麼大，事主方桓仍沒有現身，任由他的太太在公司胡鬧，也任由他的同事看笑話。
溫昕恐懼地對上眾人的視線，縮在小劉身後，害怕極了。
小劉努力向那女人解釋，但她如同瘋狗般步步逼近，緊追不放，甚至在一來一往中，指甲劃傷了小劉的手臂。
「拿一下。」我把包包丟給徐靖陽，走到茶水間。
在職場這麼些年，我悟出一個道理——不與人交惡，且用損害最少的方式解決問題。
在社會走跳，沒有不與人打交道的時候，能大事化小就不要鬧大。

作爲一個成熟的大人，面對婚姻觸礁且誤解別人的元配，要理智地向對方解釋、解除誤會，並圓融地解決問題。

但，我不是成熟的大人。

我拿起斟滿水的水杯，潑向她。她的亂髮貼在頭皮上，妝容也花了，回過神尖聲大叫：「啊——妳誰啊？我找這女人算帳關妳屁事，妳他媽——」

「就關我的事！妳老公有本事在外面亂搞，怎麼沒本事收拾妳？有時間在這邊興師問罪，不如去找妳老公，問問他都怎麼騙那些涉世未深的小女生，還有妳。」

她一時之間噓不過氣，語無倫次，「什麼？妳、妳……沒教養的賤女人……」

我往前走了一步，逼近她，「對，妳有教養，來外遇老公的公司大鬧，讓所有人知道，他用那張不值五毛錢的臉讓妳戴綠帽。也就妳稀罕這種貨色，到底誰比較賤？」

「媽的，不要臉的東西！」

她厚實的掌搧來，我就義般地閉上眼，果然，衝動誤事。

然而，這掌卻沒有如預期落在我的臉上，睜開眼，是徐靖陽接住了。

「首先，這裡是我們公司，不是妳家廚房，沒義務給妳料理家務事。再者，妳來這裡鬧事，還動手打人、辱罵對方，我們可以提告。」他難得嚴肅，板起臉，一字一句鏗鏘有力。

「好啊，叫警察來，我要告她妨礙家庭。」她指著溫昕。

這話讓溫昕臉色一白，若不是小劉攙扶，她幾乎站不住。

徐靖陽卻笑了，「這裡這麼多人在拍，妳剛剛罵的話和動手打人的過程都錄下來了，賴也賴不掉。而且妳哪來的證據告她妨礙家庭？能告早就告了，不用來這裡，不是嗎？」

女人像是被說中，愣了一瞬。

「我找媒體爆料，我看她怎麼做人。」她睜大了眼，彷彿要吃人般威嚇著，還拿出手機，「現在網路很發達，馬上就會有人知道，這個下三濫的女人勾引別人老公……」

徐靖陽斂色，沉吟半晌。

我理解他的顧忌，雖然這件事情在法律上很難對溫昕造成威脅，但輿論就不一樣了。人們向來沒有耐心理解事情的來龍去脈，單就片面之詞下定論，尤其是被扣上「小三」這種明明沒有瓜葛，但人人喊打的帽子。

主流社會對外遇事件元配的支持無限上綱，無論做什麼出格的事情，都有免死金牌。

他吐了口氣，「妳要這樣，那也沒辦法。」

他回頭，喚了小劉。

「小劉，幫我發記者，這裡有新聞——女子硬闖商業大樓鬧事，出手打人、辱罵……」他回頭看著其他人，「剛剛各位拍到的影片，再麻煩給我一份。」

女人嗤笑，「你以爲只有你會找記者嗎？我跟你說——」

「我知道，妳也能找媒體，但是妳有多少證據？妳能說的不就是那一句『她勾引我老公』。大姐，妳又不是名人，憑幾句話剪出來的新聞太無聊了，記者沒興趣。但我不一樣，妳剛剛精采的表演，我能剪一集專題報導，他們能播兩天，網路上可以笑一星期。」

他走近，哂笑著說：「再不然，我幫妳找一找方桓還搞了多少事。他現在說不定就在跟誰偷情。」

女人大概沒想到有人比她更豁得出去，呆站在原地，直到小劉撥通電話，她才回過神，用力掙開徐靖陽的手，「沒見過像你們這麼無恥的人，呸！」

她罵罵咧咧地走出公司，進電梯前，整個走廊還是她的嚎叫與罵聲。

「歡迎再來喔。」徐靖陽笑著在後面送她走，看來惡人還得惡人磨啊。

「原來還可以這樣？」我問他。

他一嘆，「嚇嚇她而已。她眞的要鬧，那溫昕得麻煩死。」

「這種事你怎麼這麼清楚啊？」

「看電視學的。」

「哪個節目這麼厲害？」

「新聞。」他睨我一眼，轉身走向溫昕。

她像失了全身的力氣，跌坐在地，我和徐靖陽一左一右攙扶著她，走過圍觀的同事們，離開辦公室。

「人可以善良，但不能被欺負。」他低低地說。

計程車上，沒有人說話。

「到哪裡？」司機詢問。

「呃……到——」我還沒說完，溫昕便打斷我，「我不想回家。」聲音奇冷無比。

我一噎，沒了聲音。

「陵南街二段，三號。」徐靖陽報出一串地址，「我家。」他沒有看我們，聲音輕飄飄的。

車子起步，窗外的景物移動，上班時間街上沒什麼車，一路無阻。

大概是車內的氣氛太凝重，司機隨手打開了廣播，音樂聲響起。

若不是你的那一句你有的不多
卻願意把最好的都留給我
你要我住進你心裡的防空洞　不讓無謂的思緒暗湧
再多紛擾也都沒有用　你決定了我所有喜怒哀愁

戴佩妮〈防空洞〉

我聽過這首歌。

高中時，溫昕經常拿著手機播放這首歌，她說歌詞很浪漫，還強迫我一起聽，久而久之就熟記它的旋律了。

溫昕靠在我肩上，用濃濃的鼻音說：「他說，他喜歡攝影，休假的時候會去看展覽。他說，他也有這首歌的專輯……」

她的淚落在我肩上，滾燙得幾乎要把我灼傷。

「我眞的不知道，我不知道他……」她沒有繼續說下去，只低聲啜泣。

溫昕以爲她獲得了一段美好的戀情，結果是遇到了惡劣的騙子。

生活就像糖果，你不知道下一顆會拿到什麼口味，也不知道打開了包裝後，是甜美甘醇的糖還是毒藥。

到了徐靖陽家後，我們將溫昕安頓在床上休息。

「傻女孩。」我看著她，既生氣又心疼地罵。

儘管溫昕從學生時期就單純又迷糊，我從未說過她傻或笨，因爲我知道，她是眞誠待人的人。

別人敷衍說的「下次約」，她會相信，還追問對方什麼時候再相聚；徐靖陽隨口編的請假理由，她會相信，還打電話關心他的身體狀況。甚至連我不敢向傅延川告白的理由，她也認眞以待，沒有嘲笑我。

就算在爾虞我詐的職場，她也沒有改掉過分純眞的缺點，儘管我不明白爲什麼純眞善良會是一種缺點。

「不是她傻，是方桓仗著忠厚老實的形象欺騙她。妳又不是第一天認識溫昕，她哪來的本事當小三？」徐靖陽難得這麼溫情。

「你早就知道她和方桓的事了？」我問。

他低頭凝視溫昕，「有猜到，但沒想到會是這樣。」

「怎麼發現的？」我怎麼一點都沒有感覺？

「她那陣子都守著手機傻笑，有事沒事就往方桓的方向看，那樣子跟妳以前喜歡傅延川的時候一樣花痴。」

謝謝稱讚，老徐。

「我眞不懂溫昕到底看上方桓哪一點。長得不怎麼樣、瞞婚，還沒有擔當，出了事情就躲起來，把問題丟給兩個女人吵。」想來就氣，他憑什麼這麼糟蹋溫昕？

徐靖陽點點頭，「跟我比起來，方桓是差多了，但是溫昕就是喜歡他啊！妳覺得方桓長得不怎麼樣，但在溫昕眼裡，方桓很有魅力，獨具特色。同樣，溫昕覺得方桓低調內斂，在妳看來可能就是蓄意瞞婚。」

「難道這就是人家說的『愛到卡慘死』嗎？」

「因爲妳喜歡他，就覺得他是最好的。」

我拍手讚嘆，向他鞠躬，「感謝大師開示，請受信女一拜。」

他睨了我一眼，沒有理會我的玩笑。轉身走出房間之際，飄來一句，「不過妳說的也挺有道理的。」

他頓了頓，「有些事，也許不說出來比較好。」

語畢，他轉身出了房間，留下的這句話讓我不禁沉思。

如果，溫昕沒有告訴方桓她的喜歡，也許就不會發生今天的事，他們可以一直維持若有似無的關係。

可是，若她繼續抱持著曖昧的態度，她能知道對方是隱婚的渣男嗎？會不會自始至終都不知道感情錯付，等到發現時，早已覆水難收？

這也讓我想到，若我眞的鼓起勇氣跟傅延川告白，會不會反而會發現，他不是我以爲的樣子？那我還會喜歡他嗎？

可是，不向他告白，就這麼默默地喜歡他一輩子，這是我想要的嗎？

我沒有答案。

幾天後，方桓仍沒有出現。

據行政阿梅姐所說，方桓向公司請了兩週的假。他沒說什麼，只說家裡有事，但所有人都心照不宣地認爲和他太太有關。

阿梅姐還勸我要帶溫昕去廟裡拜拜，遇到髒東西，氣場會被影響。

發生了這麼大的事情，儘管公司的同事都很有默契地假裝沒有發生，難免還是會在某些時刻談論到這件事，各種言論也甚囂塵上。

聽小劉說，有個資訊部同事和方桓是大學同窗，他之前就提醒過，方桓看起來單純老實，其實交往經驗很豐富。早在溫昕之前，他就有其他對象了。

只是，大家都沒想到方桓連同事都敢下手，現下，他渣男的名號在全公司盛傳。

相較躲著不見人的方桓，如常來公司上班的溫昕，就得直面異樣的眼光了。儘管她從頭到尾沒有要介入別人的婚姻，輿論仍將事件的矛頭指向她。如同那些被新聞狗仔揭露的外遇事件，出軌的男人和第三者千夫所指，但最終，男人能夠再次復出，第三者卻消聲匿跡——這就是我們的社會。

令人意外的是，看似柔弱的溫昕，經過這件事情，似乎變得更加堅強。她很快便振作起來，不理會閒言閒語，而是更加投入在工作裡，專案因此如火如荼地展開。

我問過她，需不需要在家休息幾天，她卻告訴我：「成年人的世界，才沒有時間失戀。」

帥氣得像是甄嬛變成鈕祜祿氏，強勢回歸後宮的那天一樣。

失戀果然是成長的開始。

換個角度想，這件事或許也是好事，自從專案開始後，事情接踵而來，我們幾乎沒有什麼休息的時間。

第一波的活動從網路媒體下手，在幾個知名的社群平臺宣傳新產品，找網路KOL以文章、影片等方式，爲新產品打響知名度。

接著，舉辦線上產品發表會，邀請合作的KOL分享爲期一個月的產品使用心得，藉由新聞媒體和網路KOL的影響力，宣傳後續的線上抽獎活動。

然而，專案一執行，我們就遇到頭痛的問題了。

原先選定合作的美妝Youtuber，因爲近期發生爭議，網路上罵聲連連，負面評論排山倒海而來，無法接下這個邀約。

通常遇到這個情況，會從原先提案中的其他KOL人選作爲備案，但尷尬的是，這位KOL恰好是我們提案的人選中，知名度最高的一位，不管是老張還是客戶，都對她寄予厚望，我和溫昕實在很難找到更適合的人選。

爲此，我們特別到了客戶那重新提出合作人選。

我和溫昕抵達客戶的公司後，就聽見辦公室傳來髒話連篇的罵聲。

其實沒有什麼好大驚小怪的，這是很多公司經常上演的日常，舉凡言語羞辱、問候人家父母，甚至摔企畫書，都算基本操作。

只不過，從那間辦公室走出來的人，是傅延川。

他站在門口，深吸一口氣，拳頭緊握，眼中不甘的情緒膨脹。然而，他沒有做出什麼出格的事，沒多久便離開了。

撞見如此尷尬的情形，我和溫昕只能假裝沒有看見，趁他沒注意到我們，快步走到約定好的會議室。

這次與我們開會的專案承辦人叫Maggie，和過去曾經交手過的窗口比起來，她幾乎是和善親切的天使。

準備好硬體設備後，我試探地問：「Maggie，你們最近是不是壓力很大？我剛剛聽辦公室裡面好像……」

Maggie明白我的意思，壓低聲音，「最近因為疫情，上面天天緊迫盯人。你們剛剛聽到的都只是小菜一碟，有時候還會直接把人轟出來，大家都提心吊膽的。我現在上班都要繃緊神經。」

「這麼火爆？」溫昕驚訝地問。

Maggie點頭，看了看會議室外，神祕兮兮地開口：「剛剛被轟出來的是我們經理，他比較特別。」

「怎麼說？」我急問。

「剛剛罵人的是我們總經理，他一直看傅經理不順眼，因為傅經理是靠著家裡的背景才當上這個職位。畢竟，空降部隊比較容易變成眼中釘……」

「家裡背景？」我怎麼沒聽說傅延川家有什麼背景？

「傅經理的爸爸是公司老闆，他一進公司就是主管級。」

「那不對啊，傅延……傅經理的爸爸是公司老闆，那不是應該對他客氣點嗎？」溫昕皺著眉頭提出質疑。

「因爲……傅經理不是親生的啊。」Maggie說。

「蛤？」

「什麼？」

我和溫昕同時驚呼。

「噓——小聲一點啦。」Maggie制止，「聽說老闆和老闆娘只有一個女兒，努力多年都沒有兒子。妳也知道，老人家很傳統，想要兒子繼承衣缽，最後領養了傅經理。因爲不是親生的，老闆不怎麼疼他，除了給他經理職位，沒有其他特權，連股份都沒有。所以大家都說，他是空有表面的假太子，總經理當然就沒在怕他囉，罵他跟罵狗一樣。」

我現在才知道，傅延川也有這麼狼狽不堪的一面。

「妳們剛剛聽到的，都不是我說的喔，懂吧？」她做了拉拉鍊的動作，示意我們口風緊一點。

「行，我金魚腦，等等走出會議室，什麼都忘了。」溫昕點點頭，我也跟著點頭。

沒多久，會議室的門被打開，傅延川和另一個副理也來參加會議。

「抱歉，久等了。」

傅延川微笑著，一如既往，但我卻沒辦法像以前一樣，單純地欣賞他的笑容。我不知道，這笑容背後有多少無法向外人道的辛酸事。

「好了，既然人都到齊了，那就開始吧。」Maggie主持會議。

說明完KOL的替代人選後，客戶端的三人面露難色，似是對人選不太滿意。

副理推了推眼鏡，「你們提出的這三個人，雖然很符合我們產品的形象，但是老實說，我連聽都沒聽過，就你們提供的媒體數據來說，很難說服我。」他說得直白。

「我的想法是，如果要換人選的話，還是要實力相當的人會比較好。如果KOL知名度不足的話，要不要找明星或名人合作，宣傳效果至少會比現在的人選更好。」Maggie提出了一個折衷方案。

我和溫昕點點頭，心裡卻盤算著找明星宣傳的花費，想想都頭疼。

「不過，人選既要符合形象又要有知名度，大概會超過預算吧？」副理扶著額頭，表情有些苦惱。

我尷尬道：「對。」

會議室陷入了沉默，我和溫昕交流眼神，試圖想出個說法推薦其中一名網紅。

會議室的另一端，一直沒有說話的傅延川忽然出聲：「要有知名度又符合產品的形象，我想，我有個人選。」

我對上了他炯炯有神的雙眼。

✉

臺北的市中心，車流絡繹不絕，高樓在陽光照射下巍然屹立。

整齊聳立的高樓像一座巨大的迷宮，汽車穿梭其中，幾經迴轉，終於抵達目的地——頗負盛名的五星級飯店。

我下了計程車，走進飯店。不愧是知名的五星級飯店，除了肉眼可見的貴氣，在細節之處也精緻得令人讚嘆。

櫃檯處的接待人員很專業，還未走近便客氣地招呼。

「您好，很高興爲您服務。」

「妳好，我要找一〇三七號房的傅小姐。」

「您有預約嗎？」

「有，她知道。」我接著補充，「是傅延川先生介紹我來的。」

接待人員點頭，撥電話聯繫對方。

五分鐘後，她掛了電話，「這是房卡，到十樓後會有專人接待您。」

我收下房卡，前去搭乘電梯。

我看著電梯上頭顯示的樓層，終於到了十樓。一走出電梯，果眞有專人迎接我，他帶領我到約定好的房間。

我深呼吸，敲了敲門。

門被打開的那一瞬間，映入眼簾的是一個似曾相識的身影。我見過她。

那一刻，我幾乎忘記呼吸，第一次見到她的回憶湧現——

高中時，我第二次鼓起勇氣要向傅延川告白，是在他畢業那天。

對，懦弱如我，直到最後能與他見面的那一天，才敢將喜歡說出口。

畢業典禮當天，傅延川作爲畢業生代表上臺致詞，而我經過一番正當與不正當的努力，代表在校生上臺獻花。

那天，我像開學典禮時一樣，站在臺下仰望他，等待他致詞結束再上臺獻花。

我特意偷了媽媽的化妝品，學著電視上化妝師教的步驟，畫了時下流行的妝容，連最毒舌的徐靖陽都給予稱讚。

「學長，恭喜你畢業，鵬程萬里。」

像無數次練習的那樣，我遞過花束，我的心恐怕比準備畢業的他更加興奮。

「謝謝妳。」他的臉上滿是光彩，欣喜地接下花束。

我記得，當時他的目光流轉，快速掠過臺下的觀眾，像是在尋找誰。然而，他似乎沒找著，很快便垂下目光，收斂方才的意氣風發。

由於司儀炙熱的視線驅趕，我沒敢在臺上多做停留，離開了光芒聚照的舞臺。

畢業典禮在十二點準時結束，負責典禮機動作業的徐靖陽和溫昕早已疲憊不堪，癱在椅子上休息。

我循著傅延川的腳步，一路從禮堂經過濃綠的蔭林，最後到操場的司令臺。

他坐在司令臺邊緣，雙手撐著，抬頭仰望天空。我學著他抬起頭，看著他凝視的天空，那裡什麼也沒有。

一滴冰涼的雨滴驀地落在我的臉上，下雨了。細密的雨絲紛至沓來，我走進司令臺躲著這場「及時雨」。

我與傅延川僅隔著幾步之遙，卻像是怎麼也觸不到他。

雨勢逐漸轉大，淅瀝的雨聲隔絕了我們以外的世界。

「學長，你怎麼在這裡？」我悄悄地走到他身邊，小心翼翼地坐下。

他聞聲回頭，「等人，妳呢？」

「我……也在等人。」雖然，那個人從來都不知道，我等的人是他。

我望著雨景，隨口找話題，「這雨眞大，短時間內不會停吧？現在路上肯定塞車。」

他伸手，雨水沿著建築邊緣流瀉，澆在他的手心。他淡淡地說：「可能吧，路上也許有什麼事才耽擱了。」

他始終凝視遠方的校門口，未動搖過視線。我想，對方一定是很重要的人，他才如此牽掛。

「一帆，妳有喜歡的人嗎？」他的聲音低微，混在雨裡。

他怎麼會這麼問呢？他發現我喜歡他了嗎？

我愣住，遲遲未回應。

他轉頭看向我，「有嗎？」

我看著他，點頭道：「有，很喜歡。」

他輕輕地笑了，「我認識嗎？」

我遲疑了好一會，在心中思忖，他如果知道了會怎麼樣，齒關卻後知後覺地張闔，「其實——」

「我也有。」

我所有的話語因爲他這幾個字哽住。

「但我沒有告訴過她，因爲我怕她不喜歡我。」

他有喜歡的人了。

「你條件這麼好，哪個女生會不喜歡你？」我壓下慌亂，盡量保持輕鬆的語氣。

他沒說話，取而代之的是滂沱雨聲，司令臺外的景色一片泥濘，和我的心一樣不堪。

「學長，你還好嗎？」我問他。

他低著頭，告訴我：「我等的人，不會來了。」

簷下的傅延川悵然若失，朦朧的雨景不及他的悲傷。

他的聲音很輕，彷彿下一秒就會被沖刷掉，可是，幾個飄忽的字句深深陷進我心裡，狠狠落地生根。

我想告訴他，我等的人就是他，不巧，還未開口就被廣播叫走了。

等我匆匆趕回來，我見到了那個他等待的人。

那人撐著傘來接他，他們漫步在紛紛細雨之中，好像本來就該生在那樣的場景中。

傅延川很開心，臉上的陰霾不復見。我仍站在司令臺上，看著他們走遠。

我知道，我沒有機會了。

那個撐著傘來接傅延川的人，就是她。

「妳好，是喬小姐吧？」她打開房間門，溫柔地問。

我立即鞠躬，「是，傅小姐您好，敝姓喬，很高興能與您見面。」

她很客氣，立即招呼我入內。

「我前幾天才剛落地，就接到阿川的電話，他說你們有事情需要我幫忙。」她拿出一套典雅的杯具，動作優雅流暢，像在舞著一曲華爾滋。

「咖啡，喝嗎？」她問。

我點頭。

「前幾年我都在國外，經常爲了準備巡演抽不開身，連阿川都很少見。好不容易回來臺灣，結果他第一通電話居然不是關心我這個姊姊過得怎麼樣，而是讓我幫一個女孩。」她眼中饒富興味，意有所指。

我緊張地擺手，「我、我跟學長就是剛好遇到，他出手相助而已。」

她輕哂，「我跟妳開玩笑的。來，這是我從國外帶回來的咖啡，妳嘗嘗看。」

傅映熙是國際知名的大提琴演奏家，多年來旅居國外跟著樂團到各地演出。父親是國內大集團的董事長，母親是大學教授，優秀的家庭背景，讓她整個人都蒙上一層仙氣。

以前常聽人說：「學音樂的孩子不會變壞」，雖然這句話似乎不太準確，但我很肯定，學音樂的人氣質不會差。

傅映熙舉手投足間，都透著大戶人家的矜貴氣質，那不是穿上名牌服飾，或畫個精緻的妝容就能佯裝的。

就像麵包店的小西點，不管和馬卡龍多像，終歸不是一樣的東西。

人與人的差別也是如此懸殊。

「阿川怎麼會請妳來找我呀？」她的聲音像是早晨沁出的晨露，清澈細膩。

我回想起和傅延川他們開會的那天——

傳。

傅延川在會議上忽然提了一個方案，提議邀請音樂家傅映熙，爲第一波網路活動宣傳。

副理和Maggie都覺得這個提議太過大膽，儘管傅映熙在國內外都有知名度，總歸和保養品牌牽不上關係。此外，她還是老闆的掌上明珠，誰敢要千金小姐像廣告明星一樣拋頭露面？

然而，傅延川卻肯定地說：「她會答應的，宣傳效果也一定超乎預期。」

傅延川到底還是公司老闆的孩子，就算是假太子，身上披的龍袍也是寸縷萬金，碰不得、賠不起。於是，會議上的人們立即改變風向。

「傅小姐氣質出眾，一定能爲產品提升質感。」

「沒有誰比傅小姐更適合宣傳自家產品了，捨她其誰。」

「只要傅小姐答應，多少錢都付得起！」

要知道，社畜爲了活下去，什麼話都說得出口。

雖然我和溫昕都不抱持希望，但仍值得一試，所以我硬著頭皮前來洽談。

「學長相信您在國內外的知名度，可以爲產品帶來宣傳效果，就讓我來找您聊聊，想知道您的想法。」

她聽完話，淡笑不語。

「他是不希望我結婚吧？」她天外飛來一句，像說笑，眼神卻很認眞。

「啊？」我詫然。

「我訂婚了，這次回國就是要來結婚的。」她亮出手上的戒指。

貧窮限制我的想像力，但絲毫不限制我的視力，我清楚看見她手上那顆閃著名貴光芒的鑽戒。

「恭、恭喜您。」

「謝謝，但阿川似乎不這麼認爲，他一直反對我和我未婚夫在一起。」她語出驚人，我頓時不知道該怎麼接話。

「他啊，看起來好相處、很聽話，其實固執得不得了，特別死心眼。」她唇角上揚，輕柔地說：「他小時候，很喜歡吃家裡附近的雞蛋糕，每天下課都會買。上國中的時候，老闆因爲年紀大不賣了，他知道這件事情之後難過了好久。他一旦喜歡上一個東西就很難放手，以前是，現在也是。」

她闡述著我不知道的傅延川，青澀年幼的他，只有她一人知道的他，令我無比羨慕。

「抱歉，我好像說太多了。」她莞爾。

「不會，我覺得挺有趣的，沒想到學長還有這一面。」

「等妳以後認識他，會知道他更多有趣的地方。」她頗有深意。

聊完傅延川的事情，我立刻切入正題。

意外地，傅映熙有著大牌明星的質感，卻沒有他們的架子，比想像中更健談、更和藹，對我們提出的宣傳活動配合度很高，宣傳照、廣告、記者會都沒有疑義，非常乾脆地簽約。

不得不說，和傅映熙相處時，有一種被陣陣微風輕拂的輕鬆感，她總能聽出對話裡的重點，並恰到好處地回應，不讓人感到壓迫或困窘。

和她聊得太盡興，回過神時已經傍晚，我驚覺耽誤她太多時間，向她致歉，「抱歉，耽擱您這麼久。剛剛討論的內容，我會再跟公司回報，今天很感謝您，那我先告——」

「等等。」她拉住我，「阿川說他會過來，我讓他送妳一程。」

「沒、沒沒關係，我搭車……」我緊張地推拒。

她立即撥出電話，「喂，阿川你到哪了？」她還緊攥著我的手不讓我走，我只好乖乖留下。

大約五分鐘，傅延川來了。

他看起來神采飛揚，連走進房間的步伐都是輕快的。不難想像他一路上是如何用最快的速度抵達飯店，上樓之前又在電梯裡檢查多少次儀容。

「姊，談得怎麼樣？」傅延川從進來以後，眼神沒有離開過傅映熙。

傅映熙笑著拉他坐下，「你才剛趕來，先坐吧。一帆都處理好了，你擔心什麼？」

他莞爾，對我說：「一帆，我就說她會答應吧。」

我跟著點頭。

「姊，是不是跟我說的一樣，一帆雖然年輕，但很專業。」傅延川像個小孩，雀躍的心情全寫在臉上，怪可愛的。

「比你好多了。你看你，有經理的樣子嗎？」傅映熙念叨。

「妳又不是第一天認識我了，有差嗎？」傅延川難得與人拌嘴，他表情輕鬆，向後伸了伸懶腰。

「人家一帆看了還以為你是國小生，這麼幼稚。」她吐槽。

傅延川趕緊回頭問我，晶亮的雙眼撞進我的視線，「有嗎？一帆，妳說我哪裡幼稚了？」

傅映熙也開口：「像三歲小孩對吧？」

我看著他們，「也還好……」

「妳看吧。」傅延川得意地挑眉。

「大概五歲。」我說完，聽見傅映熙輕盈的笑聲。

「妳居然跟姊一起欺負我。」傅延川垮著臉，反倒多了些孩子氣。

我無可奈何地聳肩，這兩姊弟似乎覺得有趣，最後，我們三人打鬧成一片。

「好了，現在很晚了，你送一帆回去吧。」傅映熙拭去眼角笑出的淚水，叮嚀傅延川。

傅延川點頭，隨即又問：「姊，那妳呢？」

「你姊夫等等來接我。」傅映熙笑著告訴他，像是絲毫未察覺他眼裡的落寞。

傅延川的笑凝在臉上，情緒倏地冷卻，簡單應了聲，就帶著我離開了房間。

車上，他面容冷淡，周身都泛著生人勿近的寒氣。

正逢尖峰時刻，路況壅塞，停滯不前的車陣令人鬱悶。眼看沒有前進的趨勢，傅延川找話題聊，「妳們剛剛都聊了什麼？」

「就……宣傳的事情，映熙姐人很親切，配合度也很高。」我聊得很生澀，小心不碰觸到傅映熙結婚的話題。

「妳們只聊了這些嗎？」他一手放在方向盤上道。

褪去西裝外套的他，看起來沒那麼拘謹，領口的鈕子開了兩顆，若隱若現。凝望遠方的側臉稜角分明，儘管表情冷峻，還是令人想多貪幾眼。嗯，還眞是副好皮囊。

「哦，她還說，你以前很喜歡吃雞蛋糕，下課常常去買。這麼好吃嗎？」

「其實還好。」他緊繃的唇線終於微微上揚，「是因爲只要我嚷嚷著要吃，她就會帶我去那家店買雞蛋糕。」

我別過眼，忽略他眼底的眷戀，用羨慕的語氣說：「眞羨慕你有這麼溫柔的姊姊。」

「她其實不算我姊姊。我是領養來的小孩，剛到新家的時候很害怕，都不敢說話，其他人都覺得我很陰沉、不討喜，只有她會和我說話、和我玩。所以我很依賴她，經常黏著她，一直到她高中畢業出國念書。那時我剛上國中，每天都在等她打電話回家。一開始，一天一通，接著一週一通，忙起來後，一個月才有一通，久而久之就不怎麼聯絡了。」他看著遠方似是在回憶，眼角的笑意漸散，語氣有些無奈。

「那之後呢？」

「直到我高中畢業那天，她才從國外飛回來看我。那天，我一個人坐在司令臺，等了一整天都沒有看見她，還以爲她不會來了。對了，那時候妳也在。」他驀地轉頭看我。

我點點頭，「嗯。」

「我等了很久才終於見到她。她說因爲班機延誤才遲到，可是我一點都不介意。」

「你怎麼沒跟她一樣出國念書？」

他苦笑，「原本我打算考國外的大學，跟她一起待在國外，但是我爸媽希望我留下來。所以那次她回來，我只和她相處沒多久，她就出國了。現在她回來……準備結婚。」

「你見過她未婚夫嗎？」

他點頭，「聽說是在國外認識的，對方也是臺灣人，家世好，長得也不錯。」

「和你比起來呢？」我說。

「差我一點吧。」他難得輕巧地開玩笑。

「你不喜歡他嗎？」我小心地問。

他遲疑了會，「沒有，他們很登對。」

我品味著他語氣裡的苦澀，卻無從安慰。

外面的車流緩慢移動，看來還有得等。

路邊有幾個學生打鬧著經過，看起來是附近學校的學生。他們手上拿著花束，胸前別著一朵小花，算算時間，應該是今天參加畢業典禮。

「又到畢業季了，時間過得眞快。」傅延川也看到他們了。

「學長，你還記得畢業那天的事情嗎？」

「妳是說……」他回憶。

「那天，我也在等人。」

「嗯。」

我想起那天的情景，娓娓道來，「我喜歡那個人很久，但是不敢告訴他，一直到他要畢業那天，我才跟他告白。我想著，如果不告訴他，以後都沒機會見面了。結果，那天我沒等到他，根本沒辦法告訴他，好笑吧？」

「爲什麼沒等到他，他畢業典禮請假嗎？」他擰著眉。

「不知道啊，就這麼倒楣，偏偏那天沒見到他。」

我差一點就要告訴他了，卻被廣播叫走。

有些事，或許都是注定好的。過去有的是機會，卻怎麼也不敢告白，偏偏在我有勇氣告白時遇上這事。

「誰啊，跟我同屆，我認識嗎？」他追問。

我思考了會，「說不定喔。」

「不然妳告訴我，我幫妳聯絡他。」

「才不要，都過多久了。」

「這麼神祕，是胡家偉嗎？」他開始猜測。

胡家偉就是爲了蕭芸文打架的籃球隊學長，身材挺拔又陽光帥氣，除了成績不太好，沒什麼缺點，當時也是迷倒一票學姐學妹。

「才不是。」

「還是姜磊？可是他畢業典禮有來啊……」姜磊也是受歡迎的學長，成績很好，仰慕他的人很多，但他好像有個同年級的女朋友。聽說他一畢業就出國留學了。

「也不是。」

「是誰啊，透露一下？」他語氣熱切，居然來了興趣。

「不能說。」我搖頭。

爲了轉移他的注意力，我開口：「那畢業那天你說的喜歡的人呢？又是誰？」

他被我突如其來的問題嚇得一愣，打迷糊仗，「妳不認識。」

「真的？漂亮嗎？什麼星座？」

他學我搖頭，「不能說。」

儘管他沒說，答案也不言而喻，傅延川的眼裡全是她的身影。

他打開了廣播，熟悉的樂曲聲傳來，是周杰倫的歌。

有人說：「青春裡總有一首周杰倫的歌」，當時覺得浮誇，現在想想頗有道理。

最美的不是下雨天
是曾與妳躲過雨的屋簷

此時，車流終於前進，他催動油門，車子起步。

我聽著廣播的音樂，視線落在夕陽盡沒的地平線。

周杰倫唱著〈不能說的祕密〉，我也在心裡聽著屬於傅延川的不能說的祕密。

第四章

晚上八點，居酒屋內人聲鼎沸。黃暈的燈光照在酒杯上，耳邊盡是客人的雜談聲，毫不受控，那些工作時間像條蟲的上班族，一離開公司精神就來了。

「蛤？妳說什麼？」我湊近，仔細聽溫昕說了什麼。

「我說……妳就沒多暗示什麼嗎？」溫昕重述一次。

「暗示有屁用？有眼睛的人都看得出來，傅延川喜歡他姊，才不是暗示的問題。明示也沒用，他才不會喜歡我……」我盯著酒杯裡的液體，啤酒果然還是太溫和了，應該要試試清酒的。

「他姊眞的很漂亮嗎？」溫昕問，又點了一杯酒。

我點頭，再飲一口。

「有照片嗎？」

「查一下《倩女幽魂》的王祖賢、《賭神2》的邱淑貞就會知道了。」

「靠，這麼誇張？」溫昕睜大雙眼。

我搖搖頭，「妳知道最誇張的是什麼嗎？她不但家世顯赫、長得漂亮，還很好相處，有氣質又優雅。明明一樣都是人，我卻完全無法想像自己和她是同一種生物。」我趴在桌上，手指一下一下地碰著啤酒杯上的水珠。

溫昕涼涼地說：「那可是含著金湯匙出生的人啊，眞會投胎。」

我拿起盤子上的鐵湯匙端詳，銀色的霧光映著我模糊的臉孔，儘管看不清輪廓，我也知道有多困窘，「爲什麼會差這麼多啊……」

十幾歲的我，因爲錯過機會沒有告白；二十幾歲的我，則因爲傅延川的完美白月光不敢告白。

本以爲，有些問題長大之後就能迎刃而解，現在卻發現，即使事過境遷，困難的事情一樣困難。

溫昕睨了一眼，伸手在我面前晃了晃，「不是，醉了嗎？妳才喝兩杯耶？」

我又拿起溫昕的梅酒，一飲而下，喝得太快，有些許酒液噴灑而出，「咳、咳……對了，徐靖陽呢？」

通常這種時候，徐靖陽都會出聲制止我們發酒瘋，怎麼今天沒看到人？

溫昕遞給我幾張紙巾，又拿幾張擦桌面，沒抬眼，「不知道，今天下班的時候，我看到他在老張的辦公室，可能在忙什麼事吧？」

「搞什麼，喝酒的局不來？我打給他。」我拿起手機。

溫昕阻止我，一把搶過手機，「妳找死啊，他加班還打給他。徐靖陽要是知道，妳醉成這樣還打電話煩他，妳明天就會被他抓去埋了。」

對，徐靖陽最討厭加班的時候被人打擾。有次我在他加班時鬧他，他差點把我從八樓丟下去。

「連喝酒的局都沒辦法來，社畜，眞的是社畜。」我感嘆著。所以說，投胎還眞是門學問，出生在有錢的家庭，就不用因爲加班，連下班後的聚會都沒有。

我一連喝了幾杯酒，啤酒、沙瓦、梅酒，不同的味道混在一起，從味蕾蔓延至腦門。腦中忽然出現以前和大學同學的談話：其實酒的味道一點也不好喝，又辣又苦，爲了讓它好下口，酒精飲料都會加入許多調味配方。

可是，既然酒那麼難喝，爲什麼還要喝呢？當時他說，因爲生活有時候更苦，相較之下，酒精就沒那麼難以下嚥了。人們往往選擇用高濃度的酒精，忘記生活裡無法緩解的苦澀。

不知道過了多久，我的眼前出現好多個溫昕，她的嘴一張一闔像在說什麼，但我聽不見，耳裡全是店內客人的喧鬧聲，有人在歡聲慶賀、有人怒喝斥責著誰、有人在低聲哭泣，好像還有熟悉的人聲，但我不記得是誰的聲音了。

半醉半醒間，依稀聽見有個人在和我說話，聲音沒什麼起伏，卻比背景的噪音令人舒服許多，催人入睡。

✉

翌日早晨，我在床上醒來，叫醒我的不是對生活的熱情，而是宿醉的脹痛。

「嘶……」窗外的光刺眼，我瞇著眼搖搖晃晃地走到浴室。

身上穿的還是昨天的衣服，我摸了摸，嗯，該在的都在。還是原來那個我，沒有因爲流掉幾公升淚而變瘦，也沒有因爲昨天幾杯酒，醉到忘記所有煩惱。所以事實證明，借酒澆愁一點用也沒有。

梳洗後，我打開手機，有幾通小劉和溫昕的未接來電。我回撥，電話很快便接通了。

「一帆，妳今天也請假嗎？」溫昕的聲音聽起來悶悶的。

「嗯，請半天，下午進公司。妳怎麼了？聲音怪怪的。」

「昨天喝太多，宿醉，我還在家呢。」

「妳也喝醉？那我們怎麼回來的呀？」

「小劉送我們回來的。好小子，連單都是他買的，今天還幫我們請假了。」

果然沒白疼小劉這孩子，眞乖。

所以，昨天那個在我耳邊說話的人是小劉？一個二十出頭的孩子，怎麼這麼嘮叨啊？跟個小老頭似的，回頭得跟他說一聲，這樣吸引不到女孩的，遑論男孩。

下午，我打理好自己，神清氣爽地進辦公室。

一走到座位就發現桌上放了一盒點心，是名牌巧克力。盒子上有張卡片，字跡工整，是傅延川寫的，爲了感謝我昨日拜訪傅映熙洽談宣傳案。

「一帆姐，是仰慕者送的嗎？」小劉張大雙眼，臉上滿是羨慕。

「羨慕什麼？平常那些姐姐妹妹送你的還不夠吃啊？」開玩笑，他收過的零食禮物，比我這輩子看過的都多，誰羨慕誰啊？

「哦，我聽溫昕姐說，送的人是個大帥哥，眞的嗎？」

瞧，這孩子雙眼放光，臉上就寫著「饞」字。

我走到他身旁，輕輕撫上他的臉，然後用力一捏。

「嗷！好痛。」他揉揉被我捏紅的地方，眼睛水潤潤的，看上去委屈巴巴。

「這人是帥哥沒錯，但是是老娘的人。」我抬了抬下巴。

「我又沒有要做什麼，姐妳幹麼捏我？」那雙水亮的眼睛楚楚可憐。

我全然不信，瞇起眼，上下打量他，「每個無害的綠茶白蓮花都是這麼說的。」尤其，這年頭綠茶不分男女。

他無奈解釋，「姐，就說了，我很直，我是直男，我喜歡女人！」

我拍拍他的肩，從容地道：「沒事，姐見多識廣，不會這麼大驚小怪的，愛最大。還有，昨天謝謝你送我跟溫昕回家，下次請你吃飯。」

他回想，遲疑地點頭，「不會，應該的。」看上去就像個乖巧的孩子。

我摸了摸他的頭，打發他回去做事，還沒坐下，桌上電話就響起，我接起，是老張。

這是我這個月第三次被老張叫進辦公室了，感覺好晦氣。

一打開門，徐靖陽和溫昕已經在裡面了。我的目光巡了會，幾個人的表情說不上輕鬆。情況不妙啊，老張不會是要開除我們三個吧？

「一帆，妳坐啊。」老張用低沉的聲音邀請我。

我敢說，我現在一定比《進擊的巨人》中的萊納本人還要害怕。

我坐下，左顧右盼，徐靖陽和溫昕冷著臉，連一點眼色都沒有給我。完了，這次真的要完了。

老張清了清喉嚨，「咳，找你們來，是要跟你們商量，因爲臺中分部最近人力短缺，需要有人支援，所以我打算把靖陽調過去。時間也不會太久，大概兩個月。」

老張，這不是商量，這叫通知。

徐靖陽看上去不太意外，似乎早就預期到了。我將視線轉向溫昕，和她交換了眼神——一樣愕然。看來，只有我們兩個還不知道這件事。

「主要是擔心靖陽調去臺中後，會影響到妳們現在在跑的案子。提前跟妳們說一聲，可以準備交接工作。」老張冷硬的聲音繼續說著，不帶任何遲疑，連一點捨不得的時間也沒留給我和溫昕。

「時間呢，什麼時候去臺中？」我問。

老張還沒開口，徐靖陽搶先一步，「下禮拜。」

好樣的，只留一週，是能交接個鬼。

老張繼續解釋他安排徐靖陽去臺中的用心良苦，比原唱張宇唱得還好聽。

我對上徐靖陽的雙眼，他的眼神毫無波瀾，似是覺得這件事情沒有什麼。

後來老張說了什麼，我都沒聽進去，就這麼直勾勾地盯著徐靖陽。

走出會議室後，我叫住他：「你沒有什麼要跟我們說的嗎？」

「老張前兩週找我談這件事，臺中那邊眞的缺人，我手上又剛好沒事，就答應了。」

他語調輕鬆，彷彿在說「今天早上去買早餐時，阿姨看他長得帥，多給他一顆荷包蛋」一樣。

他不鹹不淡的語氣讓我焦躁，「所以你早就知道了，爲什麼不跟我們說一聲？而且你手上哪裡沒有事，我們的專案不是事嗎？」

溫昕就溫和多了，她拉住我，柔聲問：「是啊，怎麼不先跟我們商量一下？」

「老張找的是我，我自己想清楚就答應了。再說，專案也可以再找人接手，現在專案的主力是妳們，我的部分誰接手都一樣。」他冷靜地分析。

我從未聽他用這麼客氣的語氣對我說話，客氣得有些生分，像在和我們劃清界線。

「『我自己』、『妳們』，說得眞好。」我沒等他回應，先一步離開。

回到座位上，腦中都是他說的話。

什麼叫「我自己想清楚就答應了」？我們什麼時候開始分你我了？

專案誰接手都一樣？誰在乎專案找誰接手，就算沒有專案，難道就不用跟我們說一聲嗎？我們是認識多久的朋友，好歹先讓我們知道吧？

我越想越生氣，在鍵盤上打字的力道不自覺加大，「喀喀喀」的聲音引來他人的目光。

那天下午，沒有人敢走過來跟我說話，包含溫昕。

下班時間，我飽含情緒地將桌面上物品整理好，發出偌大的聲響昭告大家「不要惹我」。靠上座椅，我下意識地回頭往徐靖陽的座位看，瞬間想起今天我單方面和他不歡而散，到了嘴邊的「我先下班了」硬生生吞了回去。

眞是的，都怪這根深蒂固的習慣。

從徐靖陽和溫昕來到這間公司之後，我們都會相互道再見才下班。這並不是公司的硬性規定，也不只是同事之間的禮貌，更像我們彼此的默契，先走的人一定會跟另外兩人說一聲。當面說也好，訊息通知也罷，好像必須做這件事情，今天才算結束。一直以來都是這樣的，我不明白爲什麼突然起了變化？

我提起腳步，走到打卡處。

嗶——

「姐，妳今天不加班嗎？」小劉跟出來，面上滿是疑問。

不怪他大驚小怪，從專案開始以來，我和溫昕經常加班，我都快忘了在正常時間下班的感覺。

「我有比工作更重要的事，走了。」我轉身離開辦公室。

回到家，我卸除一身緊繃和僞裝，梳洗後躺在床上。

不用戰戰兢兢，也不用對誰佯裝一臉和氣，笑僵的臉可以稍微放鬆，彎著的腰終於能豎直。

厭世的表情、散漫的態度、毫無形象的大哭大笑……在家裡，我可以盡情用最眞實的樣子活動，舒坦極了。

此刻，我才終於得以休息。

小時候總不明白大人們爲何說「工作好累」，直到自己也變成大人才明白，不是只有身體上的勞累令人吃不消，心理上的累，有時更讓人疲倦。

學生時期總嚮往著長大，不用念書，只要到公司打卡，坐在電腦前敲敲鍵盤，就能交出績效、領到薪水。長大後才知道，那份薪水得來不易，除了付出時間與精力，還要犧牲娛樂休閒，開始懷念起無憂無慮的學生生活。

人果然是矛盾的動物。

夕陽斜照進房內，金色的光籠罩著書桌上的照片——我、溫昕和徐靖陽高中畢業那一天的合照。

高三那年，我和溫昕因爲學測沒考好，多努力了幾個月，才在指考考上大學。

我還記得看見學測成績時，心臟像是被人用力捏著，聽不見耳邊的聲音，挫敗感壓的我喘不過氣。不禁想著，努力三年，在一次次考試間連滾帶爬，獲得的成果只有這樣。

原來我也只有這樣。

學測後的兩週內，學校都沒有晚自習。好不容易可以在天還大亮時回家，一到放學時間，大家就興奮地背著書包離開。只有我一個人留下，跑到學校的空教室，躲起來偷偷哭泣，不敢回家。

直到餘暉盡沒，夜色籠罩整個校園，空教室的門才被打開。

「原來妳在這裡啊。」

先開口的是汗涔涔的溫昕，她打開教室的門朝我走來，「我還跑去實驗室找，妳知道晚上的實驗室有多恐怖嗎？」

徐靖陽則冷靜得多，斜倚在門上，雙手插在口袋，冷冷地說：「妳不會是笨到忘了今天沒有晚自習吧？」

「你們怎麼回來了？」我的鼻音濃厚。

「妳連再見都沒說，就一個人開溜了，我們說什麼都要把妳逮回來。」溫昕走到我身邊，在我身旁坐下。

徐靖陽也走了過來，「妳一個人在這幹麼？」聲音比方才柔和了一點。

我吸了吸鼻子，怯懦地道：「我學測沒考好，不敢回家。」

我的聲音在靜謐的教室裡迴響。

「就因為這個？」徐靖陽挑眉。

我點頭。

「我還以為妳怎麼了……」溫昕鬆了一口氣，安慰我，「我也沒考好啊！大不了指考，再怎麼糟，還有我陪妳。」

「妳連在全校面前跳那種舞都不怕了，還怕這個？」徐靖陽坐在桌子上，還是那副又酷又跩的樣子。

他說的是高三上的聖誕晚會，我們三個上臺表演節目。雖然丟臉，但廣受臺下好評。

「那又不一樣，我如果還是考不上怎麼辦……」思及此，我又開始哭。張大嘴巴、五官扭曲、面上滿是淚水，樣子有多醜，看徐靖陽嫌棄的表情就知道了。

溫昕似乎也不知從何安慰我，轉而看向徐靖陽。他輕嘆了口氣，無奈地說：「我陪妳們一起念書吧，有什麼不會的地方，我也許能幫上忙。」

我抽噎著，「真、真的？」

徐靖陽無可奈何地點頭。

那天晚上，他們倆陪我走回家，還為我哭花、哭腫的臉編了個理由。說是路上遇到奇怪的人被嚇哭，幸好遇到巡邏的警察才沒出事，至於這麼晚回家，是因為和警察回派出所做筆錄。

爸媽看我可憐兮兮的樣子，也沒捨得多責怪，我就這麼安然地度過了。

後來，徐靖陽和溫昕眞的如承諾的一樣，天天和我一起到學校念書，晨起到日落，仲春到盛夏，每天都好累，可是好充實，只要走到教室，我就能看見他們。

那段時間，我可沒少被溫昕逼著背英文單字，也見識過徐靖陽緊迫盯人有多恐怖，每一道數學題目，他都陰森著臉教我解題。

課本書頁間盡是我們仨的喧笑，甚至大過蟬鳴、覆過豔陽。

放榜那日，我如願考上理想的學校，雖然錯失了最想進入的科系，卻也誤打誤撞進入了與目前工作相關的廣告科系。

儘管我們分別就讀不同的學校，仍舊保持著默契，只要有人遇到困難，另外兩位就會出手相助。

大二時，爲了害怕上臺專題報告的我，他們陪我在家練了一晚上；徐靖陽因爲講話刻薄、性格冷淡得罪了人，在網路上被攻擊，我和溫昕找了群朋友在網上聲援他；當溫昕在工作上被客戶罵得狗血淋頭，我和徐靖陽也立刻出手支援。

當時，我們彼此擁有，知道對方發生什麼事，喜歡什麼、煩惱什麼。

而現在，溫昕和一個人交往了我不知道，徐靖陽突然要去臺中我也沒聽說。不知道爲什麼會變成這副模樣。

我們似乎無可避免的漸行漸遠，說到底，沒有什麼人、什麼事是不會變的。

就像現在的我不怕上臺報告，甚至能在很多人參與的提案會議侃侃而談；徐靖陽學會藏起冷傲鋒芒，在客戶面前營造出溫和的形象；溫昕選擇收斂了她的單純。

或許，沒有爲什麼，只是因爲我們都長大了。

熬到七點半，我才出門買晚餐。

租屋處附近的小吃店因爲疫情生意銳減，還沒八點，好多店家已經在準備打烊了。一條街上冷冷清清，兜轉了許久，最後還是到經常光顧的麵店。其實這家店並沒有特別美味，但是開到很晚，就算加班晚回家，這間店都還開著，能吃頓宵夜再回住處。我也帶溫昕他們來過好幾次。

老闆娘一見到我便熱情招呼，「又來啦，今天比較早喔！」

「今天沒加班。老闆娘，我要一碗陽春麵、一份黑白切，不要香菜不要辣。」我輕車熟路地點餐。

老闆娘動作很俐落，不一會就將餐點都打包給我，我拎過晚餐準備回家。

我的租屋處離捷運站不遠，周邊生活機能很好，食、衣、住、行、育、樂，大抵都找得到去處。

城市霓光熠熠，車流不斷，紅綠燈號轉換，等在路邊的行人流暢地通過斑馬線。

比起初來乍到的不安，現在的我已經很適應城市到夜裡還生氣蓬勃的景況。

出了社會的夜晚，不是應酬交際，就是披著月光趕在太陽出來前回家，讓一天有個結束。夜晚的小巷弄裡，再沒有那個英挺正直的少年出手相救，只能自己要緊自己，準備好防身的用品。

捷運站對面有間新開的電影院，外頭張貼著一張海報，是《神隱少女》二十週年的紀念版電影，看得我心癢。

如果說，傅延川是我懂事後第一個暗戀的對象，那我人生中的初戀，應該就是《神隱少女》的白龍了。小學第一次在電視上看到《神隱少女》時，我就深深爲他著迷了。

雖然近年來《神隱少女》經常被人惡搞，白龍是平行時空的《棋靈王》塔矢亮、千尋父母吃太胖會被殺掉、白龍的財力只給得起白飯糰等，各種梗圖在網路上盛傳。

但是只要有重播，我還是會看，跟著劇情說出早已滾瓜爛熟的臺詞。看見千尋與父母走失時感到驚慌，見到白龍出手相救時心動，在最後他們都想起自己的名字時，感動得一塌糊塗。

隨著年紀增長，對無臉男這個角色的感觸更深了。

我忘記是誰和我說過，曾有人分析無臉男在電影裡的形象——暗戀者。

沒有聲音、沒有名字，默默地跟在喜歡的人身後，甘願爲其付出一切。

諷刺的是，沒有人知道他面具下的樣子，就像每個暗戀者一樣。

每個暗戀者都戴著一副面具，能確保愛慕不會有破綻，卻永遠無法被知曉。

像我一樣。

✉

豆大的雨珠紛亂砸下，操場的人倏地鳥獸散，磅礴的雨勢包圍司令臺。

帶著夏日特有的悶熱，雨水的溼氣黏著一股溫潤的煩雜感，令人不快又不至於爆發。

這場雨很熟悉。

視線前方是穿著制服的傅延川，那是我最後一次見到他穿白襯衫。

他等的人還沒來，從校門延伸進來的道路被雨模糊，如瀑的大雨裡半個人影都沒有。

「一帆，妳有喜歡的人嗎？」

「有，學長其實──」

眼前的他沒有說話，只是怔怔地凝視遠方。

一片迷茫雨霧中，傅映熙舉著傘向他招手，他毫不遲疑地邁開腳步迎向她。

我努力往前追上他，在他身後用力喊，卻怎麼也發不出聲，眼睜睜看著他越來越遠。

他等的那個人來了，我卻還沒追上他。

我拚命地追，反而迷失在一片茫茫的豪雨中，直到完全看不見他的背影，我才終於哭出聲。

睜開眼，滴滴答答的雨聲由遠處延綿而至，如緊貼著窗，拍打在玻璃上。

是夢。

現實和夢裡沒什麼不同，天氣陰鬱、雨水淅瀝、日子照樣慘澹，而我依舊沒有告白。

這幾天，我和徐靖陽保持著尷尬的關係，除了工作的事，其他時候不會主動找他說話，就連午休時間和下班也沒有交集，這樣的轉變引來許多同事注意，但都是在背後討論，沒敢正面說給我聽。

而徐靖陽倒是和以往沒什麼不同，還是長袖善舞地面對客戶和同事。我也是此時才眞正意識到，徐老狐狸的桃花是眞的旺。

中午，我吃完飯要去丟便當盒，不小心聽見樓梯間有人在談判。

原本我不想偷聽的，但是他們的對話內容，實在太讓人難以忽略了。

於是我秉持柯南「每個談判都有可能是毒品交易」的精神，爲了防止世界被破壞，爲了守護世界的和平，我只好一聽究竟。

不聽還好，一聽不得了。對話的人是徐靖陽和一個女生，談的內容挺曖昧。

「這太貴重了，我不能收。」徐靖陽客氣地說。

這……這就是一點心意，我、呃……這段時間經常受前輩照顧，送、送您的謝禮。」

那女孩似乎有些羞怯，一句話說得磕絆，聲音越來越小。

「我眞的不能收。」

「那個……我、我其實喜歡你很久了，前輩。」女孩子嬌滴滴地說著。

「謝謝，但是我不喜歡妳。」徐靖陽拒絕得又快又狠，堪比行刑的劊子手。

那女孩頓時沒了聲音，不知道是不是沒承受住哭了出來。

良久，我才又聽見徐靖陽說：「不是妳不好，是因爲……」

「因爲什麼？」女孩聲音哽咽，語氣委屈巴巴。

對啊，因爲什麼？我又靠近了一點。

「我有女朋友了。」

靠！眞的假的？連徐靖陽都有女朋友了，是誰？我怎麼不知道？

「那個人……我認識嗎？」那女孩問出了我心中的疑問。

「妳不認識，是以前的朋友。」他說。

徐靖陽哪時候有其他朋友？他手機通訊錄裡，撇除同事和客戶，剩下能被稱爲朋友的人，大概只有五個，其中兩個還是我和溫昕。

沒道理啊，他哪有什麼曖昧對象……等等，難不成……是蕭芸文？

那天加班，我撞見的訊息，該不會正是蕭芸文找他復合？

趁著他們沒發現我，我溜回自己的座位，打開電腦搜尋蕭芸文的臉書。

她幾乎都發布美食的照片，偶有合照也幾乎是女孩，生日收到的祝福，大抵都是公司同事，沒有一點可疑之處啊……

我更進一步點開她貼文的打卡地點，發現她近期都出沒在臺中，工作地點也是。

果然有鬼！徐靖陽這廝肯定是爲了蕭芸文去臺中的吧？說什麼爲了支援分公司而出差，原來是要跟舊愛複合啊。呵，戀愛腦。

雖然很想找徐靖陽問一問，但他肯定不會告訴我，這件事從以前就沒變過——他從未與其他人談論過蕭芸文。

那是他小心翼翼收在心裡的人。

此時，徐靖陽回來，經過我的座位，回到位子上。

我轉頭看著他的背影，他早已不是我印象中那個尖銳冷傲的少年，更加成熟圓滑，也更懂人情世故。

經年流轉，我們都不一樣了。沒辦法像過去一樣站在原處，都被時間推著走，無論想或不想。

或許徐靖陽也非刻意疏遠，這只是一個人成長時必經的過程。總有些事情只能一個人面對，的確像他說的，只有「他自己」能決定這些事。

週六上午十點，陽光照進房內。

今天是再平凡不過的一天，空氣沒有比較清新，晨光也沒有更加燦爛，倒是溫昕的來電接連不斷，聲聲催人。

我接起，她的聲音有些侷促，「一帆，妳今天眞的不來嗎？」

徐靖陽今天要下臺中，她和小劉要去送他一程。

「去臺中出差而已，又不是移民，搞得跟他不會回來一樣。」說眞的，從臺北到臺中，搭個車也不過是幾個小時的事，用不著這麼大張旗鼓的爲他餞別吧？

「他這一去就是兩個月，妳不來看看他嗎？我們中午在車站這裡吃飯，他一點搭車。妳要是改變心意就過來。」她不等我拒絕就掛了電話。

一點啊……我看著床頭櫃上的鬧鐘，慢悠悠地起床。

梳洗完畢後，開始準備早餐，我看向時鐘，十點半。

霎時，門鈴大響，我趕緊開門，快遞送來一大箱東西，沉甸甸的，我費了好大的勁才搬進客廳。

我拿起手機，發現媽昨晚傳了訊息給我，她整理了親戚們最近送的土產、水果，還有我心心念念她的獨門辣椒醬，全包在箱子裡。怪不得這麼有分量呢！

我打開箱子，將東西分門別類地收好，原本空晃晃的冰箱頓時被塡滿，像是媽來過一趟，念叨著「怎麼這麼不會照顧自己」、「盡叫外賣吃，女孩子家裡這麼亂，到時候怎麼嫁得出去」，然後再被我撒嬌蒙混過去。

東西收拾好，吃完早餐後，已經快十二點了，我出門搭車前往車站。

十二點二十分，臺北車站內人潮洶湧，我躲過幾個拖著行李箱差點撞上我的行人，在一處空地停下，靠著柱子，拿出手機看溫昕傳給我的餐廳位置。

「是這裡沒錯啊，已經去月臺了嗎？」我在人群中搜索著，全然不見徐靖陽的身影。

「可惡，死去哪了？」我越發不耐煩，煩躁地在手機螢幕上打字。

螢幕驀地出現一通來電，是徐靖陽。

「喂？」我接起電話。

「要不要檢查一下手機有沒有壞？」

「蛤？」

「妳打字那麼大力，螢幕應該壞了吧？」

他看到我了？我左右張望，沒見到他。

「柱子後面。」他的聲音從手機另一頭飄來。

我繞過柱子，見他一手插在口袋，另一手拿著手機朝我晃了晃，一派輕鬆地道：「還沒死喔。」

十二點四十分，我和徐靖陽站在進票口前的空地，偶有經過的行人瞥眼。

「怎麼來了？」他說。

「這個給你。」我把袋子給他。

他接過袋子，眉頭微蹙，「這是什麼？」

「我媽寄來的，我一個人吃不完。」

出門前，我打包了些媽送來的東西，林林總總一大袋。

他低頭翻探袋子，「阿姨做的辣醬？」他尾音上揚，聽起來有些開心。

「三罐我眞的不行，分你一點吧！」

「謝啦！」他笑著。

我吸了口氣，「你眞的只是因爲支援分公司才去臺中嗎？」

「爲什麼這麼問？」他斂起笑容。

「沒有，就是好奇。」好奇爲什麼我認識多年的朋友變得這麼陌生。

「的確不只是爲了分公司，也和某個人有關係。」他垂眸，若有所思，那是我鮮少看見的認眞樣貌。

我呼吸一滯，「連我也不能說，對嗎？」

他不語，我們僵持了片刻。

「沒關係啦，我就是問……」

「妳眞的想知道？」

我一張嘴開了又闔，不知道該說什麼。

我確實想知道，我的好友爲什麼煩惱？爲什麼有事情卻不能與我分享，變成一個陌生的人？

他眼中情緒莫測，沉吟良久，似乎很爲難。

我有些難過，和老狐狸認識這麼久，鮮少看他爲了一個人這麼慎重其事，連我和溫昕都不能輕易透露。

或許，友情和愛情總有條界線在。

愣了一會，我才緩緩開口：「那等你想說的時候再說，哥們挺你。」我的拳頭輕觸著他肩頭。

他咧嘴一笑，點點頭。

此時廣播響起，催促旅客們搭乘即將出發的車次，徐靖陽和我揮手道別。

我看著他走遠的背影，喊住他：「喂，兩個月後可以告訴我吧？」

「行。」他沒有回頭。

「要活著！」我說。

他繼續往前走，背對著我揮手。

時間是下午一點整，徐靖陽踏上屬於他的旅程，我朝著他的背影揮手，目送他離開，期待他歸來。

第五章

送徐靖陽離開後，忙碌的生活仍然持續前進。

週一，我和溫昕回到公司上班，繼續執行專案。

自從上次和傅映熙談妥廣告宣傳後，活動便如火如荼地展開。今天是傅映熙拍廣告的日子，作爲代理商，我負責到現場監工。

拍攝現場早就準備好了，傅映熙抵達時，場地、攝影團隊、妝髮都已就緒。

傅映熙留著一頭亮麗的黑髮，五官端正秀氣，走起路來長髮飄逸。

她沒有什麼千金的架子，親切地向所有人打招呼，方圓幾尺內都馥滿她嫻靜的氣息，連妝髮師看到她都不禁小聲讚嘆。

我似乎明白了，小小年紀的傅延川爲何對她如此痴迷。美好如斯，怎麼能不著迷？

那是我永遠也不可能變成的樣子。

她走到化妝間準備，和妝髮師閒聊，態度從容。

我站在後方看著她們，手機一陣震動，是傅延川傳來訊息。他關心拍攝的情況，並提到一會會過來現場。

我簡單說明拍攝情況後，關上手機，回過神時，傅映熙已經在換衣服了。

「一帆，妳在嗎？」她輕喚，聲音從更衣間傳來。

我應聲。

「妳能幫我拉個拉鍊嗎？」她的語氣有幾分小女孩的羞澀，和她氣質的外表有些出入，卻頗爲可愛。

我走進更衣間，她背對著我，手指著後背處敞開的拉鍊，「就是這裡。」

我的視線向下，拉鍊卡在後腰處，要自己拉上確實困難。

正抬頭，我瞥見在她的後頸與上臂處，有淺淺的瘀痕，定睛一看，上頭有長長的劃痕，像是人爲的傷口。

我的手便這麼懸在半空中，直到她喚我：「有看到嗎？」

我愣了愣，「有。」

我拉起拉鍊，走出更衣間，不斷回想著剛才看見的瘀痕。

是誰做的？誰敢這麼做？誰有可能會這麼做？

然而，傅映熙看起來沒有任何不對勁，和我道聲謝後，就跟著其他人走去拍攝現場。

拍攝工作相當順利，敬業的主角、專業的團隊、每個人戰戰兢兢的態度，比以往我參與過的任何一次拍攝都順利。但我卻沒有欣喜的心情，反而心神鬱結。

中場休息時，傅延川來了，還帶著咖啡請全場工作人員喝，氣氛和樂得不像話。

「大家辛苦了，喝咖啡休息一下吧。」傅延川拎著好幾袋咖啡放在桌上，親切地招呼著大家。

果然是一家人，連行爲都這麼像。

「怎麼樣，還好嗎？」傅延川拿了杯咖啡給傅映熙。

「很好，多虧一帆。」她說著，回頭看著我。

我點點頭，臉上堆著笑容。

看著他們兩個有說有笑，我猶豫著是否要告訴傅延川剛才看見的那些。

傅映熙身邊有什麼人會對她施暴，是意外，還是長期累積？傅延川知道嗎？如果貿然開口，會不會反而造成他們的困擾？

好幾個問題盤旋腦中，讓我糾結不已。

「一帆、一帆？」

「嗯？」我回神，赫然發現傅延川站在我面前。

因爲身高的差距，他低著頭俯視我，距離很近，我甚至能聞到他身上的香味——些許菸草混合沉穩的木質香氣。

「妳在想什麼，這麼入神？」他又靠近了些，我驀地後退。

「沒事，剛剛在回老闆的訊息。」我乾笑。

「辛苦了，休息一下吧。」他遞給我一杯咖啡。

我接過咖啡，笑著說：「辛苦的才不是我，我只是來盯場而已。」

傅延川只是簡單應了聲，視線又回到傅映熙身上。

我張了張口，不知道怎麼問。

「怎麼了？」許是察覺我的視線，他突然回頭喚我。

我遲疑地開口：「映熙姐……最近有沒有哪裡不一樣？」

「爲什麼這麼問？」他皺起眉頭。

「呃……她看起來很開心，我想說是不是發生什麼好事？」

他頓思片刻，緩聲答：「她最近都在準備婚禮的事情，應該挺忙的。」

「這樣啊……」

我猶豫許久，最後還是沒有告訴傅延川。

也許是我看錯了呢？也許沒有想像中那麼嚴重。既然傅映熙看起來沒有異樣，那應該是我多心了。

但如果眞的如我猜測，有人對她施暴，那該怎麼辦？

這些疑問，一直到產品發表會當天，才有了答案。

✉

第一波的線上活動很成功，廣告推出當週，就有相當可觀的觀看次數，媒體投放數據也很漂亮，線上產品發表會當天，更是吸引了許多人觀看。

由於疫情，產品發表會以線上直播呈現，現場除了傅映熙，還邀請了幾位美妝Youtuber一起分享產品使用心得，而傅延川作爲產品開發代表也參與其中。

直播的人數從發表會開始後就不斷攀升，我和溫昕相視而笑，看來這次可以給老張一個交代了。

直播到一半，小劉突然跑過來，他在我耳邊低聲說：「傅小姐的手機響了，對方好像有急事找他。」他指了指化妝間的方向。

我應了聲，到化妝間查看。

手機的來電顯示是男人的名字，對方鍥而不捨地撥打，鈴聲持續了五分鐘才消停。

我正準備轉身離去，訊息通知聲在安靜的化妝間響起，我腳步一滯。

遲疑半晌，我回頭走向座位，看了螢幕一眼，上面顯示的訊息預覽，讓我愣了幾秒。

那些尖銳粗鄙的字眼幾近恐嚇，一連傳了好幾則，並威脅如果傅映熙不在時間內回電，會有什麼可怕的後果。

傅映熙有欠債嗎？對方怎麼會用這種語氣傳訊息給她？

「姐，換妳了。」小劉從外頭喚我，我只好帶著疑問離開化妝間。

直播很快便結束，從回報的數據來看，這次宣傳的曝光和觸及率不但達標，還比預期更高，值得爲此開慶功宴。

傅延川也確實這麼做了。

「今天感謝大家的努力，產品發表會的成果非常好，等會我請各位一起吃飯，希望大家一定要來。」傅延川站在臺上向所有伙伴喊話。

現場所有工作人員歡聲雷動，連來盯場的Maggie都開心得手舞足蹈。

我笑著，回頭找尋傅映熙，卻不見她蹤影。

我走到化妝間，還未走近，就聽見傅映熙的聲音。

她卑微地道歉，「抱歉，剛剛在直播，我沒辦法聽電話……是，那是因爲……好，我知道了。」傅映熙的解釋聲漸弱，最後沒了聲音，只是聽著對方訓斥。

底里。

雖然聽不見對方說了什麼，但電話彼端的咆哮聲，大到一旁的我都能感受到他的歇斯底里。

沒多久，化妝間恢復靜謐，擔心碰上傳映熙，我打算離開。

我默默往後退了一步，不料撞到了人。我倏地回頭，是傳延川。

他神色複雜，一定是聽到了。

「你們怎麼了？」傳映熙走出化妝間，面帶微笑，彷彿剛剛的電話是我的幻聽。

「呃……我……」

「我們要去慶功，妳要一起來嗎？」傳延川問她。

「不了，你們去吧，我等會還有事情。」她捋了捋稍亂的髮絲，看著手錶，「再不過去我要遲到了，先走了。」

「我送妳……」

「沒事，我自己過去就好。」她提著包包快步經過我們，沒有理會傳延川的喚聲。

傳延川怔怔地站在原地，凝睇她遠去的身影，而我亦然。

我們都望著不可能回頭看自己的對象，痴等著。

慶功宴在一間餐酒館舉辦，仗著有人買單，每個人都興奮地舉杯慶祝，往死裡喝。

拍攝團隊的人比想像中還瘋，幾個執行製作連拚了兩輪啤酒，現在進行到第三輪，換成清酒。他們拿著酒杯的手越來越不穩，但喊酒的聲音倒是越來越大，通常這樣喝的人最快倒。

另一頭，溫昕和Maggie交流起戀愛史，同仇敵愾地怒罵感情路上經歷過的渣男。果然，渣男這種生物哪裡都有，不像遊戲中稀有的SSR卡。

兩人臉頰駝紅、身軀搖晃，茫得像下一秒就會倒下。

酒精這個東西很可怕，能讓清醒的人變得不清醒，讓開心的人變得不開心，讓疼痛的事變得不痛，然後忘記自己傷得多重，清醒後加倍痛苦。

慶功宴開始後，傅延川幾乎沒有說話，他坐在角落，笑著，拿酒盡往嘴裡灌。

乍看之下像是爲滿意的專案成效而縱飲，但我知道，他很難過，難過極了。

我坐在遠處凝視他許久，不知道第幾杯酒見底，他似乎喝累了，忽地站起身，搖搖晃晃地往外走。

今夜的晚風帶著淡淡的青草氣味，有點涼。酒吧外的空地明明是都市的一隅，卻沒有白日緊促的煙硝味，安靜得很。時間像是被人刻意捋慢，就連人們的呼吸都緩了幾拍。

夜晚和白日的不同，在於人們卸下了矜持與僞裝，讓感性肆無忌憚地放大，讓瘋狂的念想隨夜色無止盡蔓延。

酒精令人瘋狂，黑夜亦是。

傅延川坐在路邊的椅子上，仰著頭，閉目養神。月光流瀉，淺淺地落在他的側臉。

我不敢太過唐突，只坐在距離他幾尺的另一張椅子上，看他。

如果時間眞能暫停，或許，我可以一直這麼看下去。

「妳怎麼來了？」他的嗓音帶點沙啞。

「不想喝酒就出來了。」我瞅著他，繼續說：「你心情不好？」

他沒有睜開眼，沉默片刻，開口：「我看起來像不開心嗎？」

我沒有回話，只是靜靜地盯著他。

很多時候，笑不代表開心，哭也不見得難過，有很多悲傷不能用眼淚衡量。

這是我長大後明白的道理。

「我知道，我很擅長等待，十天、十個月、十年，我都等得起。我相信，只要在她身後等，有一天……有一天會等到她回頭看我……」他仰頭，視線投向遙遠的皎月，聲音半啞，「可是爲什麼那麼難呢？」

他無聲地笑，表情卻猙獰得比痛哭更悲傷。

「我怎麼追都追不上她。要變得更成熟、更聰明、更有責任感，可是等我能保護她的時候，她和其他人在一起了……」他哽咽，委屈的語氣像個孩子。

我好想安慰他，可無論什麼語彙，都沒辦法平復他的心情，沒人能給他眞正想要的。

他緊緊地跟在傅映熙身後，而我也像個傻子，努力追在他們身後，卻沒有誰眞的追上誰的腳步。

我好嫉妒傅映熙，她擁有傅延川所有的關愛，讓他的心情隨之起伏，爲她笑、爲她哭、爲她甘願卑微地活著。

但她偏偏又那麼美好，美好到讓我輸得心服口服，美好到讓我唾棄自己嫉妒她這件事情。

「映熙姐如果知道你爲她這麼傷心，會很難過的。」我猶豫許久，還是說了出口。

「妳知道了……」他的聲音很輕，跟著微涼的風飄來。

「你今天下午在化妝間外是不是……」

「我聽到了，是她未婚夫打給她的。」他語氣平淡，似乎早已司空見慣。

「映熙姐的……未婚夫？」我愕然望向他。

他一點也不訝異我的反應，娓娓道來，「她未婚夫是某個集團的繼承人，家業龐大，是公司重要的合作對象，姊和他是商業聯姻。我見過那個人，世故圓滑，很會僞裝，人前一副面孔，人後又是另一個樣子。」

「映熙姐……喜歡他嗎？」我瑟縮開口。

他聞言，嗤笑了聲，很輕，半晌才緩緩開口：「我問過她，她說不重要。」

「爲什麼？」

「這段婚姻可以保障公司未來的經營發展，這很重要。」

「比她的幸福更重要？」

他一滯，勾起唇畔，無奈地點頭。

原來，就算是含著金湯匙出生的人，也沒辦法決定自己會吃到什麼料理。那一刻，我覺得這世界很公平，卻很荒謬。

出生在有錢家庭、頭腦聰明、長得好看，不代表就能幸福，他們要背負的責任，遠比想像中沉重。人生有更多資源，也有更多限制。這很公平。

但即便家世顯赫、才貌雙全，仍要爲了追求幸福而苦惱，甚至比一般人更痛苦。這很荒謬。

「她不能和其他人結婚嗎？譬如你。」

「她沒辦法，我也沒辦法。」他像是在回想什麼，「那不是我們能決定的，今天不和這個集團聯姻，之後也會有其他類似的人選，但都不會是我。」

聲音之悲涼，更甚今夜的溫度。

「是因為這樣才不和她告白嗎？」

「就算沒有他，姊也不會喜歡我。」他眸光黯淡。

「妳知道愛上一個不可能在一起的人，是什麼感覺嗎？」他的聲音在夜裡響起，兩道淚在月光下，若有似無。

我第一次看見這樣的他，意外地發現傅延川也有無能為力的時候——在暗戀的對象面前，卑微得可憐。

我愛的那個人，在另一個人面前，微不足道。

但我隨即可悲地意識到，儘管如此，我依然喜歡他。

「我知道。」我說。

我亦明白他的心情，我們都愛上一個不可能在一起的人。

✉

自從上次慶功宴後，我就沒有再與傅延川見面，由於專案沒有什麼異狀，我也無法藉公務聯繫他。

通訊軟體上，我與他的對話紀錄，一直停在上次見面時聊的內容。

我看著時間，早上九點，窗外的豔陽照進辦公室，令人睜不開眼。桌上冰塊半融的超商拿鐵，杯面沁出的水珠積成一小灘水，熟悉的茶葉蛋，味道一點變化也沒有。我的生活又回到原本平淡無奇的樣子。

「哦，他來了耶！」

「我有看到！他怎麼還敢來，把人家害得不夠慘？」

「說不定女生也是餘情未了啊……這種事，一個巴掌拍不響。」

「人不要臉天下無敵啊。」

「呵，狗男女。」

幾個同事從門口走進來，竊竊私語。

接著，我看見阿梅姐也走進辦公室，她朝我走來。

「妳知道我剛剛看到誰嗎？」阿梅姐有些喘。

我搖搖頭，看向辦公室外。

「方桓！他居然來了。」阿梅姐靠近我，壓低聲音。

「他不是離職了嗎？」我嚼到一半的茶葉蛋，頓時因爲這傢伙變得好噁心。人不要低估自己的影響力，渣男光是名字都能讓人食不下嚥。

事情發生後，方桓和公司請了長假，沒多久便提出離職。對於他和溫昕的傳聞，他沒有一句解釋，就突然地離開公司，不知道是負氣還是愧疚。

最後，傳聞只剩下「辦公室戀情」、「疑似介入別人婚姻」這種模稜兩可的結論，至今沒有還給溫昕一個清白。

「他在哪裡？」我問阿梅姐。

「公司樓下，好像是來找溫昕的，把人堵在門口。」

還有臉堵人？沒被打過是吧？

我起身到茶水間抄了掃把，往門口走去。阿梅姐在後面出聲問：「妳去哪？」

「收拾髒東西。」

一到公司一樓，我就看見方桓和溫昕站在角落，不知道在說什麼。

溫昕看上去很平靜，倒是方桓像在街上流浪了幾天，頭髮凌亂，鬍渣蔓生，雙眼布滿了血絲，神情疲倦，看起來老了十幾歲，狀態真的不算好。

方桓不知道和溫昕說了什麼，講到情緒激動處，他緊緊執著她的手，近似哀求地拉扯，而溫昕抗拒地掙扎。來回拉扯間，她的衣服被扯破了，人還差點摔倒。

我立刻衝向他們，霎時，有人出手給了方桓一拳。

一道撞擊聲響動，是方桓摔在地上，他的嘴角還帶著血跡，看上去更加狼狽。

溫昕被人扶起，她愣愣地開口：「小劉？」

小劉俯身檢查她的傷勢，動作輕柔地攥著她的手，反覆確認著，生怕哪裡磕著、傷了。

「妳有沒有受傷？」小劉問她。

溫昕搖搖頭，不著痕跡地抽回手。

小劉愣了一瞬，沒太驚怪，「沒事就好。」

方桓緩慢起身，身軀搖晃不穩，喚道：「溫昕……」

小劉率先擋在溫昕面前，防備地盯著方桓。

「我現在和她一點關係都沒有了。我在妳家外等了好幾天，但沒等到妳……她讓我淨身出戶，妳看……我什麼都沒了……」他哽咽，潸然淚下，「溫昕……我只有妳了。」

「我只有妳了。」

這句話像可怕的魔咒，小劉身後的溫昕別過頭，卻紅了眼。不知道方桓曾經跟多少人這樣說過，我想一定屢試不爽，只要一說出這句話，對方就會心軟，他做過的事都能一筆勾銷。

他前進一步，亟欲和溫昕說話，卻被高大的小劉擋住，冷聲警告，「站這說就好。」場面有點尷尬，周圍不時有趕著上班的人經過，人們不乏投以好奇的目光，更有些人停下腳步探聽八卦。

「溫昕……只有妳懂那些吉他伴奏的老歌曲，我們甚至能異口同聲地說出畫作的寓意。我們是彼此的知己啊……」方桓的語氣誠懇。

「夠了。」溫昕沒有看他，凝視地上一角，制止他，「你走吧，我不想看見你。」方桓原本還想說什麼，轉頭瞥見小劉冷峻的模樣，只能落寞地轉身離去。

「昕姐，妳要不——」小劉轉身關心她，但溫昕沒等他說完便離開了。

溫昕逕自搭了電梯到辦公室，徒留小劉站在原地，他瞥了眼溫昕的背影，苦笑著。隨後，他注意到愣在一旁的我，不好意思地撓撓頭，「姐，妳怎麼在這？」

「我來掃地的。」我舉了舉手中的掃把。

「妳都看到了？」
「差不多。」我點點頭，「喜歡溫昕？」
他頷首，沒有否認。
「可是……」可是她發現了，而且似乎不喜歡你。然而，我沒說出口。
「沒關係。」他抬起頭與我平視，笑得淡然，淺淺的笑容藏著深深的情意。
沒關係嗎？怎麼會沒關係？
他沒有繼續說，只是朝我走來，領走我手上的掃把，往電梯方向走。
回到辦公室，許是溫昕的面色凝重，沒人敢大聲談論這件事，頂多用眼神交流。
我回到座位，瞥了眼溫昕，她皺起眉頭研究數據報告，整理著桌上紛亂得一點秩序都沒有的紙堆。就像平常工作的樣子。
桌上的分機忽響，我立刻接起。
「妳收拾的怎麼樣？」阿梅姐還掛心這件事，雖然是用追八點檔的口氣問我。
於是，我也用八點檔預告的方式回答：「拋家棄妻的方桓，出現在公司樓下哀求溫昕原諒，到底溫昕會不會原諒他呢？而他和元配妻子，還有沒有機會重修舊好呢？明天同一時間，敬請收看──」
「一帆，妳是不是壓力大？」阿梅姐平靜說道。
「沒，我開玩笑的。方桓被趕走了，溫昕根本不想鳥他。」我乖乖告訴她。
「被趕走了？」
「嗯，他原本死纏爛打，後來被我跟小劉趕跑了。」我不以爲然。開玩笑，我可是抄傢伙去助陣的耶，他當然被趕跑了。

沒多久，我便聽見阿梅姐的聲音，「一帆，他還沒有走，在公司樓下。」

聞言，我立刻起身走到窗邊往樓下看。

眞的如阿梅姐所說，方桓並沒有離開，而是守在公司外，不知道在等什麼。

和我一樣站在窗邊的還有溫昕，她盯著在公司樓下徘徊的方桓，沒有多久，她面無表情地回到座位。

她眞的一點也不留戀了吧。

回到座位，我繼續投入專案，窗外仍是烈日高照。直到鄰近中午時分，窗外傳來滴答聲，下雨了。

炎炎夏季經常有對流雨，雨勢又快又急，猛烈得猝不及防。

幾乎是一瞬間，外頭變成滂沱雨景，光聽聲音就知道，豆大的雨滴打在身上有多痛。

方桓該不會還在公司樓下守著吧？要是如此，肯定會淋成落湯雞。

午休時間一到，我放鬆地伸懶腰，哈欠還沒打完，就感到一陣風從我身邊竄過——溫昕拿著傘急忙走出辦公室。

見狀，我跟了上去。

溫昕撐著傘走出公司，這場雨很大，她拿著的傘都有些被雨打斜。

我跟在她身後，看見她在綿密的雨霧中找人，我知道，她在找方桓。

中午時段進出辦公大樓的人很多，她在來往的人群中搜索，找了好一會。

在部分人潮散去後，我看見遠處建築物的角落有兩個人，方桓和他太太。

我能確定，溫昕也看見了。

他太太撐著傘爲他遮雨，嘴裡一張一闔似是在念叨，只是距離太遠、雨勢太大，我無從得知他們到底說了什麼。

最後，方桓還是跟著他太太走了。

就像婆婆媽媽們經常提到的，「男人嘛，在外頭玩夠了還是得回家」。

方桓仍是被拎回家了。

不知過了多久，溫昕收了傘，往回走。她馬上注意到一旁的我，朝我跑來擁抱住我。

我一下一下地輕撫她的背，望著大樓外的瓢潑大雨，以及來來往往的行人。

成長就是不斷的告別，向青澀告別、向天眞善良告別、向過去的自己告別。每一次告別，都像失去一部分的自己，疼痛不已。

我不知道一個人要經過多少次疼痛，才能對這樣的事情從容自若。

半晌，她終於哭出聲。

溫昕不甘地抬頭，吸了吸鼻子，擦乾眼淚走回辦公室。

有人說：「失戀是長大的開始」，也有人說：「妥協是長大的開始」，更文藝一點的人說：「當你難過卻不敢哭出聲的時候，就是成長的開始」。

人啊，距離眞正長大總是還差一點決絕。

我買完午餐回到辦公室時，正好看見小劉拿著一個便當放在溫昕桌上。

那便當是公司樓下一個小攤販賣的，前陣子溫昕還讚不絕口，但此時此刻，她坐在位子上沒有理會他，也沒有接受那個便當。

小劉垂頭，拿著那個便當，獨自走到用餐區埋頭吃著。

我走到他身旁坐下，「還好嗎？」

他沒有抬頭，咀嚼著飯菜，「姐，妳是問誰，我還是昕姐？」

我瞅了眼溫昕，再回頭看著他，「有差嗎？」

他停頓半晌，「我沒事。」

「你從什麼時候開始喜歡溫昕的啊？」我打開剛才買的大腸麵線，可惡，老闆忘記我不要香菜了。

「很久之前。」他說：「來公司前，就喜歡她了。」

「這麼早？」我驚訝，「不對啊……你在哪裡認識溫昕的？」

「她是我們學校的校友，大一的時候認識的。那時候我還不會打扮自己，沒什麼朋友，總是獨來獨往。有一次我修了一門通識課，要分組做作業，但我很內向不敢邀請其他人和我同一組，眼看大家都已經分好組了，我還找不到組別。剛好那天昕姐遲到，很晚才進教室，她到教室後，很自然地邀請我跟她同一組，就像我們早就是認識的朋友一樣。後來還找了幾個人加入我們。」

他回憶著，嘴角不自覺透出笑意，「她很開朗，對每個人都很親切，活絡了整組的氣氛。不過，直到她和我聊天，我才知道，原來她把我認成她的另一個朋友了。」他沉浸在回憶，笑得有些無奈。

我愣了幾秒，雖然荒謬，但的確是溫昕會做的事，她臉盲的程度大概是末期，醫生都會搖頭說沒救。

「你進公司的時候，她沒認出你嗎？」我用湯匙撥開大腸麵線上那一坨香菜。

「沒有，因爲後來她沒有繼續修那門課，所以我也沒有機會跟她變熟。我們只見過那一次面。」

對溫昕來說，那或許只是一個小小的插曲，甚至沒有印象，但是這個大男孩卻默默放在心裡，直到現在。

「見過一次面就喜歡？」我說完才意識到自己沒什麼資格說他，我對傅延川也是一見鍾情。

畢竟心動，只是一瞬間的事。

無論情感是因爲多小的事在心中萌芽，一旦種下了便會蔓生，悄然茁壯，蔚然可觀。

「嗯，喜歡。」他點頭，眼神堅定，「我向其他人打聽，才知道她是企管系的，已經大四準備畢業了。直到她畢業離開學校，我都沒有機會見到她。後來……」他頓了頓。

「後來什麼？」我像個追劇的觀眾，想知道後續。

他微笑，「我輾轉知道她在這間廣告公司工作，一直想來打工，但是公司都沒有開放工讀生職缺，直到去年才來學校招募實習生，所以我就來了。」

我想起，去年公司正缺人手，但是老張不願意花錢請正職，於是讓人資去找學校建教合作，開放相關科系的實習名額。講白一點，就是免錢的工讀生。

當然，這件事情也不只是人資的責任。人資部何組長一接到這個任務，馬上跑來問我們有沒有認識的學弟妹想要實習，我跟徐靖陽馬上推託，只有溫昕眞的回學校幫忙找實習生。沒多久，她就帶著這個陽光大男孩到公司。

我和徐靖陽都不敢置信，小劉看著聰明伶俐，是怎麼被溫昕騙進我們公司的。現在想來，被騙的是誰還眞不好說。

「所以，你說的『喜歡做廣告』，也都只是講講的囉？」我還記得他是這麼說的。

「也不全然，我也眞的喜歡廣告業。只有做喜歡的事情，才能做得好。」他看著我，誠懇如斯。

我不以爲然地點頭。行，追女孩子就追女孩子，說得這麼大義凜然。

想了想，我又問：「你不擔心嗎？你的底被發現了。」

告白是一場豪賭，不是大獲全勝，就是傾家蕩產。一旦被暗戀對象發現自己的心意，就沒有任何退縮的餘地了，無論是當朋友還是情人，要麼贏者全拿，要麼一點不剩。

「不會。」他說：「既然喜歡，那當然要告訴對方啊！」

我對上他逐開的笑顏，像春日晨間的朝陽，溫暖燦爛。

我有些摸不清這孩子，說他單純，他總能在短時間內清楚所有人之間的利害關係，知道每個人的目的，將事情看得透澈；說他心思深沉，他卻毫不保留地展現對溫昕的愛慕，開朗得不像話。

「但她不喜歡你，怎麼辦？」我這句話可眞掃興。

「她喜不喜歡我是她的決定，但我要不要告白是我的自由。」他眼神堅定，繼續說：「就算她不喜歡我也沒關係啊，光是能喜歡她……我就很開心了。我想讓她知道，有一個人很喜歡她。只是這樣。」

原來世界上所有的暗戀都是一樣的，在沒有人知道的地方，獨自喜歡一個人，擁抱著這份情感黯然神傷，時而炙熱得不能自已，時而沮喪低落得不像自己。

這份感情無法被回應，卻依然頑強地存在，令人生厭卻無可奈何。

自從溫昕知道小劉的心意後，就明顯地和他保持距離，中午吃飯不和他交流，工作上的交集也變少，除非眞的有必須要溝通的事，不然她不會主動找他說話，實打實的冷落。

每每我都能看到小劉注視溫昕時的委屈眼神，就像急需主人關愛的幼犬，無助又可憐。然而，楚楚可憐並沒有軟化溫昕的態度，她仍是油鹽不進。

即使如此，絲毫不影響小劉的決心。

例如今天早上，小劉依舊爲溫昕送早餐，不知道他幾點起床。

一早，他就將早餐放在溫昕桌上，可溫昕沒賞臉，一口也沒吃就拿給我，最後餐點全進了我的胃。

我走到小劉身旁，用指尖敲了敲桌面，「你幾點起床？」

他抬起頭，雙眼彎起，帶著笑意，「沒多早。」

「六點？」

「五點……」

好樣的，你上學都沒這麼勤勞吧？

「沒關係嗎？溫昕沒吃，倒是給我了。」我倚著他座位的隔板問。

他沒有馬上回答，安靜的氣氛顯得有些尷尬，此刻只有空調規律的雜音、同事討好地和客戶講電話的聲音，以及老張在會議室的劈頭罵聲。

半晌，他才回答，低啞著聲，「我沒關係。」

這樣的表情我很熟悉，它曾出現在傅延川臉上。

他們都把喜歡的人放在自己之前，所以不管多委屈、多心酸都無所謂，真傻。

下午，幾個同事圍在溫昕座位旁，似乎在討論什麼。我走近，發現他們正看著電腦螢幕上的一張照片。

那上面的人我認識，我從學生時期就經常看那張臉。經年結霜的臉上，永遠都是淡然的表情，身材高眺但算不上壯，總體來說算是標致好看的男人。

而現在，他被人抱在懷裡，一個男的。

「哇靠……」我看著螢幕上的照片不由自主地驚呼：「徐靖陽玩得挺大呀……」

照片裡壯碩的男人環著徐靖陽，面上紅潤，應該是喝醉了。可徐靖陽看上去沒有任何迷茫的樣子，還是那副冷冷淡淡的模樣。

男人半瞇著眼，享受般地將下巴靠在徐靖陽肩上。我在徐靖陽的神情中，看見了一絲欲拒還迎的味道。

嗯，眞香。身爲多年的腐女，我敢肯定痴漢忠犬攻和禁慾毒舌受，出本本絕對會大賣。

「他平常是這樣嗎？」

「之前好像也有男客戶很喜歡他耶，他該不會？」

「天啊，我喜歡這個CP！」

「所以誰攻誰受？」

「那個比較壯的應該是攻吧？」

「但我覺得靖陽哥有時候也很攻耶。」

「不，妳們太單純了，攻受跟身材不一定有關係。」

「眞的假的？」

幾個女同事看著這張香豔的照片，小聲討論起攻受和體位。

「所以他眞的是彎的嗎？」我也跟著說。

我還以爲他這次去臺中是爲了蕭芸文，結果他居然和一個不知道哪來的男人抱在一起。怎麼，單身久了發現「男」能可貴嗎？

「不過這張照片是誰拍的啊？」其中一個同事問。

一直站在旁邊的溫昕道：「臺中分部的同事。這幾天他們有聚餐，喝嗨了才會這樣。」

臺中分部的同仁傳來許多行爲荒謬搞笑照片，我滑了滑，一連看了幾張，幾乎所有與會人士都喝到醉醺醺，看起來歡樂無比。

「看來他在那裡過得挺不錯的呀！」我感嘆。

溫昕跟著點頭，「果然是狐狸，男的女的都喜歡他。」

接著，電腦視窗上出現一則新聞，標題聳動，很快就蓋過徐靖陽的事情了。

「知名生技集團千金與財團二代喜傳婚訊。」

傅映熙要結婚了。

第六章

人生有很多事情身不由己：不想到公司上班的藍色星期一、每個月會固定報到的生理期，還有縱然不願面對，仍如期舉行的暗戀對象的婚禮。

前兩項我深有體悟，但最後一項的痛苦，大概只有傅延川明白。

傅映熙的婚禮在七月初舉行，這個消息，我是透過新聞媒體知道的。知名生技公司千金和大財團公子的婚訊一出，便引來各界關心。

新聞鋪天蓋地，好像全世界都在討論這件事。全世界都在告訴傅延川，他愛的人要和另一個人結婚了。他能躲到哪逃避這件事呢？

不只網路上，公司內不少人也在討論。

「哇，眞不愧是有錢人。她未婚夫是財團二代，眞會投胎。」身邊的同事正在看新聞。

「他們要是結婚，那可是世紀婚禮。他們的財產加起來有多少錢啊？」

「不知道，反正我們一輩子都不可能看得到那麼多錢。」

「不知道會在哪間飯店舉行？」

「會在國外辦吧？有錢人不都出國辦婚禮嗎？弄個歐式城堡或海島婚禮什麼的……好羨慕喔！」其中一個女同事沉浸在幻想中。

我聽著他們說的話，想起之前不小心撞見傅映熙身上的傷，也想起對方對她的態度，這真的值得羨慕嗎？

但從其他人的討論聽來，他們在乎的是婚後能過上什麼樣的生活，或是認識多少名流，被多少人羨慕。

沒有人在乎他們相不相愛，就連問出這個問題都顯得太過天眞。

嗡——嗡——

口袋裡的手機傳來一陣震動，是傅延川的訊息。

「一帆，妳有空嗎？」

時隔兩週，傅延川再次聯絡我，意外之餘，還能感受到左心口的雀躍跳動。

我的視線反覆確認螢幕上的內容，迅速打字回覆。

「有空，學長找我怎麼了嗎？」

「我想請妳幫個忙，晚上方便見個面嗎？」

「好。」

傅延川和我約在一間高級餐廳，位於東區精華地段，一看就是我消費不起的那種。

一走進，映入眼簾的便是偌大的空間和精緻的裝潢，他們只接待預約的顧客，而且沒有一定的背景是不接待的。

我跟在傅延川身後走進餐廳包廂，服務人員投在我身上的目光，令我有些不自在。我覺得自己不該出現在這裡。

雖然我下班前臨時去服飾店買了一套新衣服，仍覺得配不起這裡的消費價位。經過的客人無不背著價值不菲的包包，身上穿的衣服也都是有名的精品品牌。

我衣服穿對了嗎？鞋子會不會不搭？這時候應該和服務人員說什麼？

一股心虛感從背脊蔓延而上，我不自覺低著頭。要不是傅延川，我大概一輩子都沒有機會來這種餐廳消費。

我和他的差距竟是如此之大……

進入包廂後，服務人員在桌邊等候點餐，傅延川客氣地問我想吃什麼。

菜單上盡是複雜的菜名，看得我眼花撩亂。我抬頭，傅延川在等我回答，服務人員也等著我開口，我越發緊張。

我支吾了會，他笑道：「妳慢慢看，想好了再點，反正我還不餓。」他的聲音和煦，緩解了我緊張的情緒。

後來，我們點了兩份一樣的餐點，因爲沒見過多少世面的我，不知道怎麼點比較不會出糗，於是在傅延川點完以後，直接說了一句「跟他一樣」。

服務人員離開後，我率先問他：「學長，你有什麼事需要我幫忙？」

我實在想不到，我有什麼幫得上忙的事。我沒錢、沒背景，能夠幫他什麼？

「妳應該有看新聞吧？」

我知道，他指的是傅映熙要結婚的新聞。他微微低著頭，我看不見他的目光。

「嗯。」

「妳能陪我參加婚禮嗎？」他抬起頭，臉上有些羞赧的神色。

見我怔住，他緊接著解釋，「沒、沒關係，我只是問問看妳的意見，如果妳不方便的話，我……」

「可以。」我一口答應，甚至沒有多想那天要穿什麼衣服、會遇到哪些上流社會的人，以及我是否有資格出席。

他的表情太過認眞誠懇，有一瞬間，我幾乎以爲他是在邀請我參加我和他的婚禮。

「眞的嗎？太好了。」他眉眼含笑。

我失笑，「這麼開心嗎？」

他點頭，「嗯，我想妳是最適合的人。」

「最適合？」我的心一緊，咚咚地跳著。

他撓撓後腦勺笑著說：「因爲……妳很開朗又活潑，在那種場合應該不太會尷尬，而且也認識我姊。」

「這樣啊……」心在一瞬間平復了，似乎比之前更無波瀾。

「還有……」他的聲音再起，吸引我的目光。

「如果跟妳一起，這場婚禮會好過很多。」一絲悽然閃過他的眼底。

原來，他沒有忘掉那天晚上的悲傷，只是裝作不記得罷了。

「謝謝你找我，我一定會到的。」

我知道傅延川不會喜歡我，但我還是無法拒絕他。

我和那些暗戀的人一樣，沒尊嚴。

因爲傅映熙的婚禮，我和傅延川有了更多接觸的機會。

他經常到公司樓下接我下班，被公司同事撞見後，一些曖昧的傳聞也不脛而走。

「妳把到那個主管了？」一個活動部門的女同事在茶水間小聲地問我。

「蛤？」

「就那個啊，富二代。」她挑了挑眉。

「沒有啦，那是我學長。」

「哦……難怪之前那個case拿得到，原來是認識的關係。我就想說他們哪有那麼好搞定……」她話中有些許輕蔑。

「欸欸，你們之前認識，那還不快點追。人家家裡多有錢，長得很帥耶！還是其實你們已經……」她語帶曖昧。

「才沒有，他有喜歡的人了。」我轉身沖了一杯咖啡。

「他有女朋友？」她有些驚訝。

我一時不知道怎麼跟她解釋，「不是，他喜歡對方。」

傅映熙應該算不上女朋友，也許更像「白月光」吧。

「既然沒有女朋友，那就衝啊！」她拍拍我的肩。

「衝什麼？」

「他追到對方了嗎？」她問。

我搖頭，「沒有。」

「那還不簡單，在他追到喜歡的人之前，妳先追到他就贏了。」

「啊？」

見我沒有反應，她接著說：「有人規定心裡有對象就不能追嗎？又不是在演偶像劇，都幾歲的人了，還講究什麼？妳跟人家搶案子的時候，有先問客戶有沒有比較屬意的廣告公司嗎？」

我搖搖頭，在商言商，無論客戶是否有偏好的合作廠商，都不影響我們的提案，仍要經過一輪輪比稿、簡報，最後在眾多競爭者中脫穎而出，拿下企畫案。

「還記得老張的座右銘嗎？」她的手搭上我的肩。

我吶吶開口：「只有拿到了才是眞的。」

她拿著馬克杯站在茶水間門口，轉頭向我說：「所以啊，妳管他喜歡誰，拿下他比較重要。」

成年人的世界很複雜，會運用各種眼花撩亂的手段達成目的。但成年人的世界也特別簡單，無論選擇什麼手段，都是爲了大同小異的目的。

✉

這幾天傅映熙在挑選婚禮上要穿的禮服，她透過傅延川邀請我陪她一起挑選。

傅延川開車載我到婚紗店時，傅映熙已經在試禮服了。

我跟在傅延川身後，一走進店裡，店員便迎上前，「歡迎光臨，想找什麼樣的婚紗呢？」

看起來，她把我和傅延川當成來店裡看婚紗的新人了，眼神期盼地拿著型錄要爲我們服務。

我擺擺手，但她仍繼續稱讚，「你們很登對耶！要不要試試看我們最新的方案，這個……」

我轉頭用眼神向傅延川求救。

傅延川出聲解釋，「我們是來找朋友的，傅小姐在嗎？」

雖然只是店員會錯意，但有一瞬間，被人認爲和傅延川是一對情侶，讓我很滿足，因爲在別人的眼裡，我是有可能和他在一起的。

店員意識到自己誤會，連忙笑著致歉，領著我們去找傅映熙。

傅映熙在試衣區挑選禮服，一見面就眉開眼笑地拉著我們寒暄。

「好看嗎？」她轉了一圈向我們展示身上的禮服。

她穿的不是白紗，而是接近粉膚色的典雅禮服，除了展現她纖細高䠷的身材，更能襯托她白皙的皮膚。而閒靜恬淡的面容，讓整幅畫面美好過頭，使人呼吸一滯。

身旁的傅延川定定地凝視她，停了好一會才開口：「好看。」

這一刻的傅映熙看起來很幸福，我不禁想，若她過得幸福，傅延川是否就不會再將視線投注在她身上，能安心地放下她，回頭看看我呢？

傅映熙莞爾一笑，走向我們，「我也覺得這套最好看。婚紗已經挑好了，這是第二次進場的禮服，但我覺得風格好像太近了。一帆，妳陪我看看？」

她親切地挽著我的手，我恍地點頭，和她一起走進試衣區。

店員拿出婚紗，就像她所說的，風格和她剛剛穿的禮服有些相近。

這套婚紗全是白色的，款式並不暴露，頸處到手臂是透膚薄紗的設計，上頭有細緻的刺繡，仔細看，禮服上還鑲著價值不菲的鑽石，一閃一閃。

「好美。」我讚嘆。

「對吧，我猶豫很久，還是選了這一套。」她的嘴角微微上揚。

一旁的店員打趣地說：「原本新郎更喜歡別套，但傅小姐堅持留住這一套。」

「我先生喜歡的那套我覺得太露了，我更喜歡這一套。」傅映熙擰著眉回憶。果然女人無論到什麼年紀，對美麗都有自己的堅持。

「這套更好看，婚紗就該挑新娘自己喜歡的。幸福的新娘才是最美的。」我告訴她。

傅映熙笑彎了眼，面上有著少女般青澀的稚氣。

「那新郎的禮服大概什麼時候來試呢？」店員低聲詢問。

「他可能沒時間，就之前說的那套就好了，謝謝。」傅映熙吩咐。

「直接包起來嗎？」店員再次詢問，有些驚訝。

傅映熙點點頭。

這麼重要的婚禮之前，有什麼要事會讓新郎缺席試禮服呢？

從剛才進婚紗店到現在，都不見對方關心的電話，究竟是多麼忙碌，才會讓新娘獨自一人和親友到婚紗店試禮服？

這樣的婚，眞的能結嗎？

沒多久，傅映熙跟著服務人員到櫃檯確認事項，而我留在試衣區。

靜謐的空間裡忽有聲響，是傅映熙的手機。

這感覺有些熟悉，產品發表會那日，我也是不小心看了她的手機，才意外發現她未婚夫不爲人知的一面。

「那是映熙姐的手機，我不應該看的。」

腦中一直有道聲音在提醒我，我坐在沙發上猶豫著。

很快，手機聲響消停，我鬆了口氣。

沒過多久，手機又響了，這次是訊息的通知聲。

我實在很好奇，起身走向桌面上那隻手機。

我只是看一眼，看一眼而已。我在心中說服著自己，拿起手機，瞥見螢幕上顯示了張照片——衣衫不整的男女摟抱在一起，女人跨坐在男人身上，兩人忘情地擁吻。他們在做什麼一目了然。

對方一連傳了好幾張，都是不堪入目的畫面。掌鏡的是女方，但被拍的男人絲毫沒有錯愕慌亂，確切地說，他無所謂。

那個男人我見過，是傅映熙的未婚夫，即將要和她結婚的人。

一連串的照片傳完之後，對方留下一句話。

「下次也讓他帶妳這樣玩，新婚愉快。」

極具挑釁的話語帶著滿滿的惡意，儘管不是當事人的我，看了都覺得反胃憤恨。見過不要臉的，沒見過這麼不要臉的。

「一帆，妳可以來一下嗎？」

突然，傅映熙的聲音從外面傳來，我嚇了一跳倏地抬頭，手上的手機落在桌面。

「怎麼了嗎？」傅映熙在遠方呼喚。

我啞然，怔怔地站在原地焦急。

傅映熙知道了一定會很難過，會不會就此打消結婚的決定？如果她不和對方結婚，傅延川是不是就會和她在一起？那我是不是再也沒機會了，連僥倖的心都沒有了？

可是，如果傅映熙不知道這件事就和他結婚，這段婚姻眞的會幸福嗎？

門外的腳步聲逼近。

怎麼辦？

他會和她在一起……會在一起……

我不會有機會的……

門被打開，是傅延川。

「一帆，妳還好嗎？我們剛才在找妳。」

「抱歉，我剛剛睡著了，沒聽到。」我撓撓頭笑道。

最後，傅映熙的手機放回至原處。

天人交戰間，我將那些訊息刪除了。

我自私地把自己的機會放在第一位，就像老張說的，「只有拿到了才是眞的」。歸根結柢，人是貪心的，暗戀的人並不會一直滿足於一個人的喜歡，他們心底眞正要的是兩個人的戀愛。

傅延川靠近，垂首關心我，「很累嗎？」

他寬大的肩恰好遮擋住桌面上那隻手機，我得以逃避自私的行徑。

我俯首，緩和仍躁亂的心情，「還好，睡了一下，現在好多了。」我展露笑容。

「眞的？」他看起來有點擔心，伸手覆在我的額頭，一陣溫熱從他的掌心傳來。

「嗯，沒事。」

「妳那天要穿的衣服挑了嗎？」他微微低頭，溫柔地注視我。

我搖了搖頭。這陣子因爲專案進行到下一階段，實在沒有時間去買衣服，這件事就一直被我擱置。

「走吧，我們挑一件。」他攬過我的肩，帶我到展示禮服的地方。

傅延川和傅映熙陪著我挑了一件淺粉色系削肩禮服，款式不張揚，顏色也很淡雅，穿上的那一刻，連我自己都很驚訝。

「好漂亮。」店員稱讚。

傅映熙仔細端詳，緩聲道：「很適合妳，很好看。喜歡這一套嗎，一帆？」

我有些遲疑，看向佇立一旁的傅延川。

他深深地凝視著我，神情和以往不太一樣，似乎在思考著什麼。半晌，他才出聲，「很好看。」

「男朋友都說好看了，就選這一件吧！」店員露出曖昧的笑容。

這句突如其來的話讓我傻了，隨即一陣熱氣上臉，我低下頭不知道怎麼辦，連說話也磕磕絆絆，「沒、沒有，我們……」

傅映熙忍不住笑，用手掩著不斷上揚的嘴角。

傅延川沒有主動澄清，只是笑著制止，「你們別鬧她了。」

他走過來柔聲問：「就這一套吧？」

我瞅了價格，老天，是我兩個月的薪水。我瑟縮道：「可、可是……有點貴，我可能沒辦法……」

「買」字還沒說出口，便聽見他喉間的輕笑，「妳只要告訴我喜不喜歡就好。」

他離我很近，連呼吸都能微微觸及我的皮膚，有些酥麻。

「喜歡……」我沒敢看他，視線鎖在他襯衫上第二顆釦子。

他手上拿了張卡，轉頭對店員說：「這件包下來。」他連價錢都沒看，就買下了這件禮服。

「可、可是……」我抬頭想告訴他不需要這麼破費，他卻立即回頭制止我，食指豎在嘴唇前，「噓。」

店員開心地拿著卡到櫃檯結帳，傅映熙也趁勢溜走，只剩下我和傅延川。

見人都走光，我又開口：「那件衣服很貴的……」

「妳喜歡比較重要，這錢花得很值得。」他勾起唇畔，絲毫不在意那筆錢。

「況且……」他話音頓了頓，「是我要妳陪我參加婚禮的。占用妳的一整天，當然是我付錢。我也想當作禮物送給妳。」

他的聲音太溫柔，就算只是客氣地要我幫忙，都像在說情話哄我。

心裡滿溢的情感又開始躁動，緊張又興奮。我覺得我已經很喜歡他了，這份情感還是能持續膨脹，連我自己都覺得可怕。

最後，我收下傅延川送我的禮服。

他順道送我回家，離開前，他溫聲地叮囑我早點睡。

這一切美好得太不真實，像一場夢，一場我們眞的在一起的夢。

此時此刻，連我都不知道自己想不想從這場夢中醒來。

走進家門，我癱軟在地，摩挲著那套禮服，腦中回想方才在婚紗店的種種——傅映熙手機裡那些露骨的照片和挑釁訊息，還有傅延川對我說的話。

「妳喜歡比較重要，這錢花得很值得。」

眞的値得嗎？這麼自私的我，配得上嗎？

✉

七月初的天氣晴朗無雲，儘管已近傍晚時分，天空仍然明亮。空氣中瀰漫一股臺北特有的溼氣，有些悶。

傅映熙的婚禮在臺北知名的飯店舉行，當天賓客雲集，不少有頭有臉的人物都到場，場面相當盛大。

我跟在傅延川身邊進入典禮會場，場內的莊嚴華麗超乎我的想像，讓人連呼吸都不自覺變得謹慎。

我和傅延川被安排在主桌附近的位置，席間盡是新人雙方的親友，看上去都是名門子弟。雖然沒有像坊間傳的，一開口就會說幾國語言、極盡炫富之能事的樣子，然而，他們畢竟是在好環境成長，用大把資源好生栽培著，從儀態、眼神至舉手投足間的氣質底蘊，都不一般，如同我第一次見到傅映熙時感受的。

這場面不由得令我緊張，此時我才想起我和這群上流人士的差距。

忽然間，一隻溫暖的大掌覆在我後背。

傅延川看出我的不安，低聲地關心，「還好嗎？」

我微笑，點著頭，「嗯，沒事。」

「川，女朋友嗎？」不遠處一個男人走來，隨手抓了張椅子坐下，他的問候引來同桌其他人的注意。

男人面上帶著神祕的笑，相比其他人，他顯得不太穩重，連打扮也是最張揚的。

聞言，傅延川只是輕笑，沒有回答。對方當他默認繼續道：「哪家千金這麼厲害呀？你以前不是成天跟在你姊後頭轉，什麼時候交了個女朋友的？」他輕輕向後倚著，神態自若，眼神中帶點輕蔑。

「你不認識。」傅延川將視線放在我身上，卻是在回答他。

「所以才要你介紹呀。美女，怎麼稱呼？」男人轉而問我。

我可沒想到會被人叫起來自我介紹，一時噎住，不知道該說什麼。

「妳不會不知道吧？我們川很純情的，沒交過女朋友，因爲他只喜歡他姊。」男人帶著戲謔繼續說。

我微愣，看了眼傅延川，他面容冷峻，下頜線緊繃，隱隱地透出不悅。

儘管不是第一次知道這件事，但看到傅延川被直接且帶著惡意的調侃，我仍舊錯愣不已。

原來他身邊的人也知道他喜歡傅映熙。

「不要說了路子，阿川都不說話了。」戴眼鏡的男人制止他。

「川本來就不愛說話啊，他不是從小就那樣？跟個啞巴似的。況且這裡又沒有他姊，他怎麼會想跟我們說話，對吧？」他對著傅延川這麼說。

見傅延川沒有理會，男人變本加厲地挑釁，「我今天來就是想看看，傅大少有沒有追到他喜歡的女人，看來是沒有。乾脆這樣好了，這一桌的桌牌換一下，不要叫『親友桌』了，改成『淘汰區』，因爲我們都輸給新郎了。」

「別說了路子，人家今天結婚，你好歹給映熙姐留點面子。」又是那個戴眼鏡的男人出聲阻止。

那個叫路子的男人「呿」了聲，悻悻地轉頭和身旁的女伴聊天，餐桌上的氣氛瞬間僵滯，沒有人繼續說話。

傅延川低著頭若有所思，表情陰鬱。

我思忖半晌，輕輕點了點他的掌心，他回過神，有些發愣地看向我。

「沒事，我很好。」我微笑，試著安撫他的心情。

他恍惚了會，點點頭。

隨著賓客陸續進場，會場也變得熱鬧，聲音紛亂嘈雜。

傅延川忽然看著我說了什麼，但會場內聲音太大，我聽不清楚。他靠近我耳邊，我們距離不到幾公分，「要不要出去透透氣？」

他帶我到會場外，一走出，我就鬆了口氣。

人果然還是不能勉強自己，路邊的地攤貨，是沒辦法跟專櫃精品放在一起的。

「不好意思，請妳陪我來，還讓妳看到這麼尷尬的場面。」傅延川語帶愧疚。

「剛剛那些人是你朋友嗎？」

「算是小時候的玩伴。我們幾個家裡是世交，經常有來往。其實，我們以前關係不錯，路子雖然性格比較衝動，但很照顧我。我很內向、不擅長社交，他經常找我一起出去玩，可是後來……」他戛然而止。

「後來怎麼了？」

他停頓了會，「我們喜歡上同一個人，我姊。」

他接著說：「我們打了一架，把事情鬧得很大，我差點被我爸趕出家門。不過，大人們只知道我們吵得不可開交，不知道原因。在那之後，我們好幾年沒見面，直到今天。」

怪不得那人方才陰陽怪氣的，舊恨難消啊。

他忽然笑出聲，「當初打得你死我活，最後我們沒有一個人贏，都輸得一場糊塗。」

聽他的語氣，多心酸啊……

一道震動聲打斷談話，是傅延川的手機。

他查看手機，對我說：「一帆，抱歉，我媽有事情要找我，妳先回裡面等我好嗎？」

我應了聲，目送他離開。

待在會場外頭雖然自在得多，但有些悶熱，我臉上的妝都開始泛油光了，於是，我坐了會便起身走回會場內。

這間飯店實在很大，方才有傅延川帶路，我才能順利走出來，現下只有我，要走回原處就有些困難了。

我沿著飯店的指示摸索，彎彎繞繞走到了陌生的地方。

我左顧右盼都沒見到有人經過，完了，我好像迷路了。

正猶豫著要不要聯絡傅延川，身後的房間突然傳來聲響，我隱約聽見有人在對話。

我停下手邊動作細聽，是對男女低聲地討論著，但聲音忽大忽小，聽不清確切內容。

不過，他們要在這裡幹什麼，和我有什麼關係，就算要找刺激偷情，也跟我無關。

正要離開，房裡頭傳來一陣曖昧聲音，似疼似爽的呻吟，明眼人都知道在幹什麼。

我靠，真的在偷情！

這聲情難自禁的呻吟讓我僵了腳步，隨即，我隱約聽見傅映熙的名字。然而，我聽不清楚，只好將耳朵貼在門上，裡頭卻沒了聲音。我整個人都貼在門上，還是沒有聽清。

不對啊，我剛剛明明有聽到，我很確定裡頭有人，怎麼突然沒聲音了？

等等，現在是農曆七月，我不會是遇到了什麼靈界的朋友吧？

這時，我聽見門把轉動的金屬聲響。

同一時間，我的視線落在走廊不遠處的那個人身上。

整件事發生得太快，我完全無法反應。

那一瞬間，傅延川突然出現在不遠處，他朝我走來，而我正貼著的門也打開了。

門打開那刻，我猛地回頭，終於看見房內那對男女——傅映熙的未婚夫，也是今天的新郎，和一個陌生女子從房裡走出。

我曾在傅映熙的手機裡看過他們的照片，現在則是看見本人，追星都沒這麼幸運。

男人看見我時有一瞬的驚訝，很快就平復，而女人絲毫沒有芥蒂，臉上還布著紅暈，妖嬈地和他道別。

我嚇得愣在原地，眼神不自覺轉向一旁的傅延川——他也看見了。

視線交會的那一刻，我感受到他眼中湧動著複雜的情緒，既震驚又憤怒，我甚至以爲他會衝上去打那個男人，但是沒有，他忍了下來，一步一步朝我走來。

那男人高傅延川一些，揚起下巴俯視他，口氣嘲諷，「這不是小舅子嗎？」

面對那男人，傅延川緊握拳頭，慍怒地發抖，像是得用盡力氣，才能克制自己不出手打他。

「學長……」我出聲制止，怕他眞的打人。

「小舅子帶了女朋友啊，眞稀奇。」他瞥了我一眼。

「剛剛那個女人是誰？」傅延川問他，忍著情緒的他聲音微啞。

「啊……她啊，剛好遇見的朋友。」男人聲音慵懶，似是不覺得剛才的行爲有什麼不妥。

傅延川一把扯過他的衣領，惡狠狠地瞪著他，下顎緊繃，咬牙切齒地質問：「剛好遇見的朋友？我姊剛才還在關心你人在哪，結果你在婚禮開始前，跟一個女人從房間出來，你他媽跟我開什麼玩笑？」最後幾個字，他幾乎是從齒縫擠出來。

男人輕蔑地笑了聲，沒有反抗，「你確定要用這種口氣跟我說話嗎？小舅子。」他的聲音很輕，還帶點愉悅，卻十分具有威脅性。

傅延川的手緊緊攥著他衣領，頸部的青筋突起，雙眼緊盯對方，眼神中滿是不甘，像是要將對方撕裂。

對方絲毫沒有被他狠戾的模樣嚇到，神色自若。

半晌，傅延川放開他，告誡地說：「婚禮就要開始了，快去準備。待會如果出了什麼差錯，你也不會好過。」

男人好整以暇地理了理身上的衣服，對著我們說：「小舅子說得有道理，我得去找我太太了，那就先告辭了。」

男人離去，但傅延川還是站在原地。他沒有說話，只是低著頭。

我能感覺到他複雜的情緒滿溢，隨時會爆發。

早知道就不亂跑了，害他看到這種畫面。

最愛的人將要把下半生交給這種垃圾，他知道了也無從阻止，該有多憤恨不甘？

不知道過了多久，他才緩過情緒，帶著我回到會場。

目睹了那場面之後，我和傅延川沒有再說話，表面上裝作什麼也沒發生，實際上那震驚的畫面一再在腦海中重放——

門打開的瞬間，那對男女靠得很近，幾乎依偎在一起，用膝蓋想也知道，他們在房裡做了什麼事。

我記得，傅延川驚愕的表情，在看清那對男女走出房間後，瞬間轉為憤怒。

那可是他最愛的女人要結婚的對象，居然這麼可惡。

此時，燈光暗了下來，音樂響起，婚禮主持人用輕柔的嗓音介紹著即將出場的新人。

傅延川一直沒有開口，低著頭像在思考，桌上的菜餚也沒有動，整張臉陰鬱得可以。

直到傅映熙從大門進場，傅延川才終於回過神。

傅映熙穿著她堅持留下的那套婚紗，由遠處走向舞臺，不僅是我，現場的所有人都將視線放在她身上。

身旁的傅延川凝視著她，我能從他眼中看見若有似無的淚光。

他最愛的人哪，終於要結婚了。

不知道為什麼，我心中有股複雜的情緒。

明知道只要傅映熙結婚了，傅延川就不會再留戀，我就有機會和他在一起。

可是，一想到傅延川知道傅映熙的未婚夫有多惡劣，他那心痛又憤怒的樣子，我就完全高興不起來。

彷若有一腔又苦又酸的熱水，在心裡冒著泡，吐不出又嚥不下。

我低下頭吃著餐桌上的菜餚，冷盤、主菜、湯品，每一道我都夾來吃，像是餓了好幾天的人。

只要埋頭吃飯，就不用理會現場發生的事，無論是臺上風采熠熠的新人，還是臺下黯淡無光的傅延川。

不僅是菜餚，連酒水我也喝了不少，還沒到新人敬酒，我就已經有點微醺。

我的不對勁引來傅延川的注視，他在我耳邊道：「一帆，妳是不是喝太多了？」

他扶著我的肩，仔細查看我的臉色，我搖了搖頭想甩開迷茫的感覺，反而更加暈眩，說出口的話也越發奇怪。

「你明明不開心啊……」我看著他說。

他愣了一會，撫上我的臉，「妳有點醉了，待會用果汁敬酒就好。」口氣溫柔，像在哄小孩。

我卻不依不饒地抓著他的手，「你哪裡比不過他，爲什麼不搶回來……你憑什麼這麼委屈啊？」

你可是我最喜歡的人啊，憑什麼這麼委屈自己。

許是我的聲音太大，吸引了身旁賓客的注意，傅延川又柔聲哄我：「我不委屈。這裡人太多，我們先出去透透氣好嗎？」

儘管知道我發酒瘋，他還是溫柔地勸著我，簡直讓人著迷得無法自拔。

他正起身要帶我出去，不巧，傅映熙和那個男人已經走來，要向我們這一桌的賓客敬酒，傅延川只好作罷，趕緊裝了杯果汁讓我拿在手上。

那男人看見我的樣子開口調侃：「阿川的女朋友興致可眞好。」

一番話引來眾人的笑聲。接著，全桌的人向傅映熙還有那男人敬酒。

因為先前吃下的菜餚，以及早已填滿胃部空間的酒水，現下喝進嘴裡的這杯果汁，成了壓垮駱駝的最後一根稻草。

嘔——

一陣噁心感湧上，混雜著酒液的食物在胃裡翻湧，不過一瞬間，我便相當華麗地吐在傅映熙身旁那男人的身上。

所有人都停下動作，驚愕的視線在我和那個男人之間流轉。

我用手擦了擦嘴，愣愣地向他道歉，「抱、抱歉，我剛剛……興致好，喝多了……」

整個空間安靜了幾秒，凝重到我不敢大力呼吸。

倏地，我聽見一道男人的笑聲劃破寂靜。

我尋聲轉頭，是路子，他坐在另一桌拍手大笑，張揚狂放，甚至笑出淚水。

耳邊也傳來其他人的議論紛紛，傅延川趕緊拿紙巾為我擦拭手和嘴。

那個被我吐了一身的男人模樣狼狽，表情陰鷙。在眾人勸說下，他暫時離開會場去更衣，而傅映熙也一邊哄著他，一邊離開會場。

婚禮因此而延宕。

似乎因為剛剛的嘔吐事件，原本溫馨的婚禮，氣氛頓時變得沉悶。

傅延川仍不斷關心我的狀態，「一帆，還能走嗎？我先送妳回家。」他起身要扶著我離開。

「沒關係……我……唔……」我捂著嘴又想吐。

傅延川立即拿水給我漱口。他一邊替我整理，一邊輕聲地念：「怎麼喝這麼多？」

這時，有人走了過來。

「川，沒想到你女朋友挺有趣的。」我抬頭，是路子。

傅延川沒搭理他，繼續拿著紙巾替我擦手。

「她剛剛那一吐眞是太精采了。你看到那傢伙的臉色了沒？他也有這一天。」路子似乎也很討厭那男人。他繼續說：「川，你別裝了，你明明也很爽。」

傅延川還是沒有回話。

「美女，妳眞有本事。」路子轉頭對我說。

「她喝醉了，聽不懂你說什麼。」傅延川這才回他。

接著，路子從口袋裡拿出手機，「你先送她回去吧。看她這樣，我想她是沒辦法撐下去了。我找人送你們回去。」

「我沒喝，我送她就好。」傅延川說完，將我抱起，走出婚禮會場。

恍惚間，我能聞到傅延川身上的淡淡香氣，清新沉穩。他攙扶著我，帶我穿越人潮，離開婚禮會場。

我的視線模糊，整個世界好像都在搖晃，失去意識前，耳邊是傅延川的低聲關心。

當我再次睜開眼時，人已經在車上了。

「醒了？」傅延川在駕駛座問我。

我緩慢地開口：「這是哪裡……」

「車上，我等等送妳回家。現在還會想吐嗎？」

我搖頭。

「那妳先睡一下，待會到了叫妳。」

車子經過繁華的夜市商圈，小吃攤布滿一整條街，熱鬧得不得了，看著看著，我不禁吞了吞口水。

「想吃嗎？」他問。

我猶豫了會，點點頭。

說來實在可惜，好不容易到高級飯店用餐，吃了一堆精緻的料理，結果全吐出來了。

傅延川將車停在路邊，我們下了車，在一間小吃店吃飯。

飯後，我們漫步到附近的河濱消食。

夜市附近有條河，對面能看見城市點點的霓虹，彷彿落在地面的星星。望過去，隱約可見那一頭不眠的熱鬧，而這一頭靜謐得連踩在草地上的聲音都很清晰。

微冷的晚風讓我清醒不少，腦海中不時浮現婚禮上一幕幕荒謬的景況。

他走在前面，襯著寂寥的夜色。

「學長，你會難過嗎？」我看著他的背影問。

他腳步一滯，搖搖頭。

我沒有應聲，他繼續說：「人生本來就有很多事情是沒辦法的。」

我懂，出身沒辦法、長相沒辦法、天賦沒辦法，就連喜歡的人喜不喜歡你也沒辦法。

他站在我前面，背影淒涼，聲音消散在一片夜景裡。

腦中突然浮現，多年前他意氣風發的樣子——天色如墨的夜，少年及時出現搭救。

沒想到，多年後的他會變得這樣，當初的少年鋒芒，早被蒙上了厚厚的灰。曾經燦爛地活在心裡的人，終究也是一個普通人。

我見不得他難過的樣子，更受不了我心疼卻什麼也做不了的無能爲力。窸窣的腳步停下，我站在原地。

「膽小鬼。」我低語。

他遲疑地回頭。

「傅延川，你就是個膽小鬼。」我大聲了點。

「妳說什麼？」他大概沒想過我會這麼說，臉上露出不敢置信的表情。

「別說，會後悔的。」

「他才不喜歡妳。」

「他已經很難過了，別再說了。」

心一突一突地跳，腦中彷彿有道聲音想阻止我的瘋狂舉動。

「我說，你他媽是個膽小鬼。明明已經離她那麼近，卻什麼都不敢做。明明可以告訴她你愛她，只要能跟她在一起，你什麼都不在乎。可是你不敢，只會在這裡說喪氣話，愛情才不是說說就能得到！」我朝他吼。

眼淚在我的嘶吼中不知不覺落下，我不知道我爲了什麼而哭，是爲了被社會折騰的他，還是爲了一直以來儒弱的自己。

無論是天生條件好的人，還是再普通不過的人，面對愛情都是一樣的灰頭土臉。這世界平等得好殘酷。

他也被我吼得來氣，朝我逼近，聲嘶力竭地反駁，「妳又知道什麼？我當然想跟她在一起，可是我的任性妄爲會造成什麼後果？妳又沒有我的壓力，當然不懂我的痛苦。難道妳就敢跟妳喜歡的人告白嗎？」

表情鮮少生動活躍的他氣得漲紅了臉，胸腔因剛才的怒罵而起伏著。

「我怎麼不敢？」我咬牙切齒地回。

「好啊，去啊，妳這麼瀟脫就——」

我驀地上前，踮起腳尖，捧著他的臉吻了他。

此刻，我的腦中閃過許多與傅延川有關的回憶——學生時期的他總光鮮亮麗、受人景仰的樣子，還有他在現實面前，只能無奈低頭的樣子。

因爲我的唐突，他嚇得連氣都忘了喘，直到我放開，他才後知後覺地喘著氣。

他後退了幾步，驚恐地望著我，似乎全然沒想過我會喜歡他。

「我喜歡你，傅延川。」我用盡所有力氣告訴他，濃濃的鼻音幾乎要蓋過我的話聲，「從我第一次見到你就喜歡了。在很久很久以前，在我還不知道你叫什麼名字的時候，我就喜歡你了。可是我很孬，這麼多年都不敢告訴你。現在，我告訴你了，喬一帆再也不是膽小鬼了。」

說完那些話，我近乎虛脫，步履蹣跚地離開。

腳步慌忙，一步也不敢停下。

我不敢看傅延川此刻的表情，不論是驚嚇、厭惡還是驚喜，沒有一種是我能承受的。

學生時期我想過很多次，如果有一天我和傅延川告白，他會是什麼反應。要嘛客氣地拒絕我，然後慢慢疏遠。要是運氣差了點，他可能義正辭嚴地訓我一頓，要我專心在課業上。又或者，他會莞爾一笑，點頭答應。

可我從沒想過，會以這樣的方式向他告白。

結束了，都結束了，我再也不能自欺欺人，盼望某天他可能會喜歡我。

我再也沒有機會了。

告白是一場豪賭，而我也是傾家蕩產的人。

零碎的步伐在晦暗的柏油路上蔓延，直到離河濱有段距離的空地，那裡杳無人煙。

天空不知道什麼時候下起了雨，有點冷，雨勢由細微的雨絲，漸漸轉爲豆大的雨滴。

這場雨很大，彷彿不會停。

無邊的夜幕籠罩，此刻的我無比渺小，怎麼大聲哭喊，都會湮沒在這片廣闊的夜空。

滂沱的雨水打在我身上，體無完膚地。

雨滴匯集成水流，混雜著眼淚流瀉而下，經過臉頰，滲進唇間，很苦澀，我分不清楚是雨水多一點，抑或是淚水更多一些。

時至今日，我都還記得十幾歲的喬一帆多喜歡他。心口溫熱的感覺、忐忑不安的心情都恍如昨日。

我的青春回憶裡有太多他的身影，成長的過程中，無不充斥他的光輝。

儘管如此，那些喜歡他的心情，仍不聽話地在心裡膨脹。

我在心裡猶豫了好多次，只要自私一點緊抓住傅延川，有一天他就能看見我、跟我在一起。

可是，我沒有辦法忽略他因傅映熙的不幸而難過的神情。

我越不去面對，就越清楚自己會因爲他得不到傅映熙而難過——我也是把自己擺在喜歡的人之後的傻子。

喜歡一個人，原來這麼可憐。

哭聲被漫天大雨蓋過，沒有人會聽見，也沒有人知道，有個女孩在喜歡了十年的對象面前，親自搞砸了告白。

累積了近十年的愛慕，就這麼狠狠地摔在地上，再被這淋漓大雨一點點洗掉。

十年間對他的喜歡，全部，留在這場雨裡。

第七章

早上十點，外頭天已大亮。我看了眼手機，今天是婚禮後的第五天。

婚禮隔天我就發了高燒，待在家休息了好幾天。

其實我知道我的身體沒有大礙，只是擔心到公司可能要面對傅延川，還是選擇待在家裡。這是逃避。

一如這幾天，傅延川一直有打電話來，但我都沒有勇氣接起。

溫昕知道我在婚禮鬧出這些事，並且在雨夜淋了一場雨，把我臭罵了一頓。果眞和以前不一樣了呢！換作以前，她肯定擔心得哭出來。

一則訊息傳來，是溫昕。

她催促我趕緊回公司，專案第二階段的抽獎活動已經結束，要開始準備告白活動。

接著，她又傳來一個新聞連結。

我漫不經心地點開，內容卻驚得我差點將手機摔在地上——傅映熙和那個男人的婚禮因故終止，婚約也取消了。

我看著新聞標題瞪大了眼，婚禮那天雖然出了點插曲有所延宕，但是並不需要終止，最後連婚約都取消，看來這件事非同小可。

新聞並沒有闡明婚約終止的原因，但可以確定的是，這段婚姻不會繼續，確切來說也沒有開始。

正當我還在釐清這件事情時，門鈴突然響了。

我整理了儀容，走到門口，把門打開。

「怎麼是你啊？」我看著眼前的男人一臉嫌棄。

徐靖陽提著一個袋子，懶洋洋地倚在門邊，眼睛半瞇著，「我可是特地買早餐給妳耶，尊重一點好不好？」

他揚了揚手上的袋子，這間是我們以前經常吃的早餐店。

我皺著眉頭拉開門，側過身讓他進屋，嘀咕：「不是在臺中嗎？怎麼突然回來？」

「妳這個態度也太冷淡了吧？我聽溫昕說妳出事連夜北上耶。」他一邊說著，一邊熟練地走到我家的廚房拿出餐具，再拿出袋子裡的餐點，擺放在盤子裡。

我伸手要拿餐具，被他擋下，「先給我去刷牙洗臉，有夠邋遢。」

有沒有搞錯，這是我家，搞得像我媽一樣。

我瞪了他一眼，僵持五秒，在他嫌棄的眼神下，我還是乖乖去洗漱。

回到客廳時，桌上已經擺好餐點了。

「妳真有種，吐在新郎身上，還害婚禮取消。」他拿了筷子給我，比我還像主人。

我接過筷子，「我又不是故意的……」

他輕笑了聲，突然伸手過來，我一把擋開。

「你幹麼？」

「妳不是發燒嗎？我看看退了沒？」

「嘖，我知道我看起來像男的，但好歹也是單身的生理女性。尊重一點OK？而且有耳溫槍這種東西，不勞煩您。」我揮了揮手，讓他離我遠點。

「得了吧，就妳這樣的，免費送我我也不要。」他嫌棄。

「你這樣的，給我錢我也不收。」我咬著筷子瞪他。

我們一邊拌嘴一邊吃著早餐，不得不說，徐靖陽在這時候出現，的確讓我安心不少。

「結果怎麼樣了？」他忽然開口。

「什麼怎麼樣？」我心一緊，知道他在問什麼。

「傅延川，跟他告白了嗎？」

我沒有回答，腦海中又浮現前幾天的畫面。

告白是告白了，但和想像中不一樣，那種告白肯定會失敗的。

叮咚——

門鈴又響了，今天是怎麼回事，我家這麼熱鬧。

我沒有起身，徐靖陽去應門，站在門口。

「誰啊？」我咬著煎包，含糊地問。

他轉頭看我，慵懶地道：「找妳的。」

我看著他的方向，門口站著一個男人，是傅延川。

我靠，他怎麼來了？

我連忙放下手上的食物，起身走上前，「學、學長。」

他看起來有些緊張，瞥過徐靖陽後看著我，「我有事找妳，妳方便出來一下嗎？」

站在我和傅延川中間的徐靖陽顯得有些尷尬，他手插在口袋，輕飄飄地說：「我幫妳顧家。」說完便走回客廳。

看著眼前的傅延川，我猶豫幾回，還是點頭答應邀約。

我和傅延川來到附近的一家咖啡廳，店裡沒什麼人。陽光正好，從落地窗透進室內。

「那天，對不起。」他率先開口。

我低下頭，比他更愧疚，「我才應該道歉，讓婚禮變成那樣，還……說了那些話……」

「我不知道原來妳一直喜歡我，還找妳陪我去婚禮，讓妳……看到那麼多莫名其妙的事情。」他語氣歉然。

如同我想像中的一樣，他用溫柔的語氣和我道歉。其實他沒做錯什麼，只是不喜歡我而已，怎麼需要道歉呢？

「那當然啊，你又不知道我喜歡你。」我苦笑。

「不過，多虧妳那天跟我說的話，我後來找了我姊，我告訴她了。」

「什麼？」我睜大雙眼，難道是因爲這樣才取消婚禮的嗎？

「那天，我回到會場時，發現來賓都離開了，一問才知道婚禮終止，連婚約都取消了。新郎去換衣服的時候，我姊陪著他去，撞見了那個女人。不只她，連雙方家長都看見了。原本我姊還想著算了，但我爸氣得直接打那個男人，當場取消婚約。他說，合作對象可以再找，但女兒只有一個。」

「好有魄力……」我吶吶開口。

「我以爲我爸一點也不在乎我姊的感受，但在緊要關頭，他還是把孩子放在第一位。」

「原來是因爲這樣取消婚約。那之後呢？你告白了？」

他點頭，「嗯，我聽了妳的話之後，告訴她了。」

「她答應了？」

他抿著嘴，淺淺地笑著，「沒有，她沒有和我在一起。」

我愣了好久，反覆回想著他說的話。

傅映熙沒有接受他的告白，不只是我，連傅延川也失敗了。

「怎麼會，她……有喜歡的人嗎？」我追問。

「沒有。就像我說的，就算沒有那男人，她也不會喜歡我。」他與我對視，「不過，我告白也不是爲了和她在一起，只是想告訴她罷了。」

我點點頭。

「那妳呢？」他話鋒一轉，盯著我問。

「我？我怎麼了嗎？」我不明所以。

他身體前傾，靠得離我更近了點，「妳是爲了和我在一起而告白的嗎？」

我遲疑了會，搖搖頭。

「這樣啊……」他斂了眼神，眼底的情緒不明。

但他隨即又恢復，「那我告訴妳一件事。」

下午兩點，我回到家，一打開門就看見徐靖陽坐在沙發上。

我在玄關脫了鞋，換上室內拖，將外套和背包掛好，洗完手後坐在沙發上。全程不發一語，氣氛很凝重。

徐靖陽就這麼看著我一連串的動作，待我坐定，他開口：「他……說什麼了？」

我沒有回應，只是靜靜地坐著，凝視著地板。

他安靜了半晌，又問：「他拒絕妳了？」

我沒有說話，也沒有任何反應。

他思考了會，小心地開口：「他不喜歡妳，妳再喜歡其他人就好啦！世界上男人那麼多，又不是只有他——」

「徐靖陽。」我打斷他，他倏地噤聲。

「你是不是喜歡我？」

咖啡廳，傅延川這麼告訴我。

「那我告訴妳一件事。」傅延川看著我。

「經常和妳走在一起的男生……」他懸著話音。

「徐靖陽？」我問他。

他點頭，「婚禮那天他找過我，就在妳離開之後。」

我怔然。他繼續說：「他說，如果我不喜歡妳的話，請好好拒絕妳。」

「什麼意思？」

「他希望我無論是否接受妳的感情，都要把話講清楚。如果喜歡，就好好回應妳的感情，不喜歡就義正辭嚴地拒絕，不要留一點希望。」

徐靖陽怎麼這麼狠？我平時哪裡對他不好？

「我問他爲什麼，他說，他不想要妳再花時間在沒有希望的關係裡。如果這場暗戀一點機會都沒有，就明白地告訴妳，讓妳可以把時間用在值得的對象身上。」

「值得的對象……」我疑惑地複述。

「他很誠懇地拜託我，希望我不要再讓妳繼續暗戀下去，因爲暗戀的人最可憐。」傅延川莞爾，「我想，這個值得的對象就是他。」

語畢，傅延川鄭重地向我道謝，感謝這些年眞心實意地喜歡他，他很榮幸能被人如此愛著。

「謝謝妳。」他說，眼神像極了高中時眼眸帶光的他，「謝謝妳讓我知道，我曾經被一個人這樣喜歡。」

記憶中十七歲的他，與眼前的他重疊在一起。他像是揮別了之前的陰霾，重獲新生。

眼眶一陣溫熱，眼淚止不住地流下，這次不是因爲悲傷，而是滿足。

彷彿永遠站在千尋身後的無臉男，終於拿下了面具，說出自己的感情。

我花費所有青春愛著的男孩終於知道了，曾有一個人那麼喜歡他。

我似乎明白了小劉和傅延川說過的話——告白，不是爲了和對方在一起，只是想告訴對方，他值得被愛。

最後，我和傅延川說好了還要繼續當朋友，不因一場告白搞砸一段友誼。

橫跨整個青春的青澀與迷惘，終於在這裡結束，我終於能夠與它告別。

「你喜歡我嗎？徐靖陽。」我又問了他一次。

他沒有說話，但他的眼神有一瞬倉皇，默認了這件事。

「是眞的？」我不敢置信地提高了音量。

「不是，我、我……我是喬一帆，你從高中就認識的朋友，我們相識十年了好嗎，大哥？跟拜把兄弟沒兩樣。」我指著臉，要他看看這張幾乎每天都能看見，再平凡不過的臉。

他抬起頭，與我對視。

我立刻噤了聲。

「不行嗎？」他靠近我，我猛地向後退，背脊抵在沙發上。

他俯身，單手撐在沙發上，距離我只有幾公分。

我能感覺他的鼻息輕輕打在我的側臉，我不敢抬頭，只能凝視前方。好死不死，正前方就是他的鎖骨——該死的性感，我不自覺吞了吞口水。

他像是故意的，靠在我耳邊說：「我就不能喜歡妳嗎？」

耳朵又酥又麻，我屏住呼吸不敢大意，因爲一個不注意，就會被眼前的狐狸拐走。

他的聲音帶著蠱惑，悠悠傳來，「既然妳喜歡傅延川那麼多年都沒有結果，要不要試試看喜歡我？」他還是那副不正經的調調。

我一把推開他，怒瞠，「什麼沒結果，他雖然沒答應，但我們說好了還是朋友。」

他被我推倒在地，緩慢起身，慵懶地拉了長音，「喔……還是朋友啊，看來妳還沒死心。」

可惡，說溜嘴了。

「這不是重點，現在的問題是你，你沒事喜歡我幹麼啊？而且你他媽不是彎的嗎？」

我突然想起之前看見他在臺中分部聚會的照片，他分明就是個受啊！妥妥的傲嬌受，缺老攻的那一種。

「我他媽什麼時候彎了我還不知道？」他皺了眉頭。

「你在臺中分部聚會的照片，你不是跟個男人抱在一起嗎？」

「那是對方喝嗨了。人家都結婚有老婆了。」他冷道。

「你高中畢業後就單身到現在，這麼多年都沒和女人在一起，我怎麼知道你是直的！」

「因為我只想和妳這個女的在一起。」他直白得令我啞然，毫無頭緒，無從回應。

我傻愣地看著他，搖了搖頭。

他無奈地嘆氣，「我沒打算告訴妳的，也不知道為什麼傅延川會跟妳說這些。我今天會來臺北，只是聽溫昕說妳發生事情，想看看妳有沒有事而已。」

他起身，收拾東西，瞥了眼桌上的菜餚，「東西記得吃，不吃要冰起來，走了。」他準備離開。

「等等。」我喊住他：「所以他說的都是眞的？你眞的喜歡我？」

他背對著我站在玄關，鞋穿到一半，回頭看我。

凝視了半晌，他鄭重地告訴我，「對，喬一帆，我喜歡妳。」

他留下一個很淡很淡的笑容，一點玩笑的意味也沒有。

明明只是一個再淺不過的表情，卻讓我整夜無眠。

一整晚，我都在思考這件事是怎麼發生的——我多年的好友怎麼會喜歡上我？

這件事的震驚程度，就像《名偵探柯南》裡，工藤新一不喜歡小蘭，反倒和平次搞基，或是蠟筆小新不搖屁股，也不跟在漂亮姐姐身後。

沒天理啊。

直到天際泛白，鳥鳴四起，我都沒能想出個所以然。

好死不死，我的假只到今天，我得去上班。

一到公司，許多人關心我……不對，確切來說，是八卦傅映熙的婚禮，怎麼最後會取消婚約。

我拿出了打哈哈的伎倆，秉著持「一不一沒有」原則，「不知道、不確定、沒有聽說」，總算是混過大家的攻勢。

發生了這麼多荒謬事，生活還是要過。我剛到座位，才坐下沒多久，就被溫昕拉到會議室開會。

會議室裡除了溫昕還有小劉，幾天不見，他看上去比之前平靜多了，似乎已經習慣溫昕的冷落。

「妳看一下，這些是我們抽出來的活動得獎者。」

溫昕遞給我資料，上面列出專案第一波網路活動中獎的人，得獎者能委託我們進行客製化的告白活動。

得獎者一共有三位，其中一位是蕭芸文。

我看著她的名字愣了很久，仔細對比她的資料後，發現眞的是我知道的蕭芸文。

溫昕清了清喉嚨，「得獎者有三位，我們分頭去聯繫，先確認他們的委託內容，等他們回報後，再擬定後續的計畫。」

溫昕快狠準地分配工作，我剛好負責聯絡蕭芸文，不禁又讓我想起昨天的事情。

我以爲徐靖陽是爲了蕭芸文去臺中，但是他卻和我告白了，難道之前我撞見蕭芸文聯絡他是一場誤會嗎？

「一帆，妳發什麼呆？」溫昕敲敲桌面。

我馬上回神，「啊？沒有。」

「對了，老徐有去找妳，妳有遇到他嗎？」

一聽見這個名字，我就繃緊神經，緊張地開口：「有、有啊，他昨天來找我了，還把我念了一頓……」最後還告白……

「妳也不是第一次被他念了，他不是一直都那樣嗎？不過也眞是的，他沒事去臺中幹麼，這種時候最需要他了，告白活動可是他的專長。」溫昕撐著頭抱怨。

這句話讓我想起，高中時我們之所以會辦月老活動，就是因爲徐靖陽。他明明是個討厭怪力亂神的人，卻辦了一個以月老爲主題的活動。

「溫昕，妳還記得高中那個活動嗎？我們爲什麼會辦啊？」

溫昕眉頭微蹙，「不是教英文的小八和女朋友分手，妳說要去幫他挽回，最後誤打誤撞成了告白活動嗎？」

對了，當時教英文的老師姓鍾，因爲長得像電影《忠犬小八》裡的主角小八，所以我們都這樣叫他。

他教我們的時候，經常和學生們有說有笑，而我們和他的關係會變得更好，是因爲他是我們社團的指導老師。

我們成立社團之初，需要一位指導老師，但沒有老師想接這個工作，最後我們只好找上剛來學校且涉世未深的小八，他很乾脆地接下這個責任，但他到底後不後悔，就是後話了。

高三考完學測沒多久，小八和他女朋友分手，聽說是因爲小八工作太忙，對方才提分手，爲此他消沉了好一陣子。

我看不下去，於是自作主張地說，要幫他把女朋友追回來，徐靖陽直接潑了我冷水，要我擔心自己的未來比較要緊。但是我死活不放棄，成天嚷嚷著「小八很可憐」，最後徐靖陽和溫昕都被我感動，答應幫忙。

那是我們眞正意義上第一次替人告白，現在想來都還歷歷在目。

我們事前先蒐集了小八前女友的各種資料——小八都叫她「倩倩」，他們第一次約會的地點，是一座有著美麗噴水池的公園。兩人平常都喜歡看日劇，尤其欣賞日劇浪漫的情節。

爲此，我們特地讓小八練習偶像劇中浪漫的告白臺詞，但他實在背不起來，只好準備小抄給他。

到了約定日，我和徐靖陽在他們第一次約會的公園埋伏，事先準備好氣球和花束。倩倩到達約定地點後，我們接到溫昕的電話。

「喂，完蛋了，路上塞車，小八被困在計程車上。」溫昕的口氣聽起來很著急。

我緊張地看著徐靖陽，他也很慌，卻努力鎮定著告訴我們，「溫昕，讓小八下車用跑的，我和一帆拖住時間。」

「蛤？這裡跑過去至少三公里耶？」

「他如果還想追回女朋友，就他媽給我跑來。」徐靖陽對著電話說。

接著，我們聽見電話另一頭傳來聲音。

「好。」是小八堅定的回答。

掛斷電話，我問徐靖陽：「我們怎麼拖時間？」

徐靖陽左顧右盼，視線在某一處停留。

「怎麼了？」我問他。

「有辦法了。」他頭也不回地走了。

倩倩坐在公園的長椅上，不時低頭看時間，微微蹙眉。

她抬頭看著前方的噴水池，若有所思。這時，一個牽著柴犬的女孩走到她身旁。

「不好意思，請問妳是二中的校友嗎？」女孩笑容可掬地問她。

倩倩遲疑地點頭，「對，請問妳是？」

「我以前也是二中的，妳是不是……」女孩熱情地和她攀談。

我和徐靖陽在一旁觀看，我轉頭問他：「你剛剛幹了什麼？」

「我請那個女生幫我搭訕小八前女友，讓她們聊一聊拖延時間。」他擦了擦因爲緊張逼出的汗。

「怎麼搭訕？」

「妳不是查到小八前女友是二中畢業的嗎？我讓那女生用這個理由搭話，能聊多久是多久。」

「她怎麼肯幫你？」

好，很好，人帥真好。

徐靖陽沒有說話，指了指自己的臉。

過了一段時間，那女孩似乎找不到話題了，但小八還是沒出現。

倩倩有些按捺不住，開始撥打電話，但沒有人接聽。

我和徐靖陽都緊張地張望著。

這時，小八的身影突然出現，他上氣不接下氣地從公園入口跑來。

他滿身大汗，衣服因為汗水而貼在身上，原本抓好的頭髮也一塌糊塗，整個人就兩個字，狼狽。

我和徐靖陽在一旁臉都綠了。

倩倩就這麼站在原地，看著他跑到面前，氣喘吁吁地開口：「倩倩……我……我不……等一下，我喘一下……」小八腿軟在地。

「你……你還好嗎？」倩倩低下頭關心他。

小八猛地起身，認真無比地看著她，「倩倩，對不起，這段期間我因為工作忽略妳，可是……我是真的真的很喜歡妳。妳跟我說要分手的時候，我真的很難過，像是要死掉一樣，做什麼事都提不起勁。倩倩，我想跟妳一輩子在一起，妳願意再給我一次機會嗎？」

小八沒有像練習的那樣，拿著花束和氣球帥氣地出現在公園，也沒有說出偶像劇裡浪漫的告白臺詞，然而，他有的是一片眞心。

倩倩愣了很久，久到旁觀的我、徐靖陽和溫昕都緊張到不敢呼吸。

倏地，倩倩抱住了小八。

「嗯，我也還是很喜歡你，想跟你在一起一輩子。」倩倩的聲音輕輕的，但我們都聽見了。

小八欣喜若狂地將她抱起，轉了好幾圈。

看著他們小倆口，我們終於鬆了一口氣，這也才發現，告白活動沒有想像中簡單，可是卻很有成就感。

每個不經意的巧合，其實都是另一群人煞費苦心的安排。

每一個爲了你的戀情付出努力的人，都是你的月老。

小八和女朋友復合的消息，很快地在校園裡傳開，不少人追問小八怎麼追回女朋友，他才說出是歸功於我們。於是，陸續有人委託我們幫忙告白。

一開始徐靖陽覺得很煩，全都拒絕了，但是在我和溫昕的軟磨硬泡下，他最後無奈地答應了。當然，是在我們熬過他的魔鬼訓練，努力準備指考的前提下。

發想活動時，我們糾結了很久應該取什麼名字，討論了好久都沒有頭緒，直到徐靖陽開口。

「那我們就來當月老吧，與其等不知道何時會來的緣分，不如直接行動。既然月老沒時間處理，那我們來幫忙，就當是……月老人間分部。」

現在想想，這人眞是矛盾，明明不相信月老，卻當了好多人的月老。

✉

下午，溫昕找了我。

「一帆，徐靖陽約吃飯，去嗎？」

我虎軀一震，尷尬地道：「我、我等等還有事，你們吃就好。」

「有事？」溫昕很懷疑。

「我……我要聯絡得獎者，今天就不跟了，你們好好吃。」

「好吧。」她回到座位上。

其實這話不假，我是眞的要聯絡蕭芸文，但我躲著他的主要原因，是我不知道怎麼面對徐靖陽。

我照著資料寫了封電子郵件給蕭芸文，又撥了電話，但都沒有得到回覆，處理完專案的其他瑣事後，我收拾東西早早下班。

下班前，我經過活動部同仁的座位，他們一群人聚在一起，窸窸窣窣的，不知道在討論什麼。

其中一個男生看見我，「帆姐，妳要不要一起來投票？」

「投什麼票？」

「員工旅遊的地點。」另一個女同事探出頭回答。

我一驚，馬上走過去，壓低聲音，「今年有員工旅遊？」

他們朝我點頭。

我震驚好幾秒才繼續說：「老張發達了？」

「不知道，應該還是有賺。重點是，我們要去哪裡旅遊，現在澎湖高居第一，臺中、臺東緊跟在後，妳選哪個？」一個男同事問我。

我擺擺手，「你們選就好，反正都是國內線，我都沒興趣。」

語畢，我背著包包打卡離開。

我一如往常搭公車回家，相比剛搬來時的陌生，公車行經的路線我已經很熟悉，今天路況不佳，車塞得嚴重，看來得晚點到家了。

車子緩慢前進，經過了一處空地，有幾個學生在跳舞，應該是爲了社團活動練習。看他們身上的汗水，感覺他們已經練習了一段時間，然而臉上沒有疲態，反倒精神奕奕。

他們跳得很好、動作很流暢，比當年在聖誕晚會上跳舞的我好多了……

高三的聖誕晚會，我們三個在全校都會出席的場合表演。

其實我們也不是多有表演欲，而是因爲爲了爭取在傅延川的畢業典禮上，擔任在校生代表獻花，我們和學校達成協議，在聖誕晚會上表演、炒熱氣氛。

爲了準備表演，午休、下課時間、放學，我們都會撥出時間練習。

相比徐靖陽和溫昕，我的舞姿幾乎可以上電視，我是指搞笑節目。

這令我很困擾，每一次我都很認眞跳，但是看見我的每個人，都像聽了什麼笑話，笑得人仰馬翻。

除了舞蹈，我們還準備了開場的短劇。

原本，我和徐靖陽要演對手戲，並不難，就只是演一對情侶罷了。但排了幾次戲後，他死活不跟我對戲，只好換成溫昕來演他的角色。

我就不明白了，和我演情侶到底多委屈他？我雖然沒有溫昕可愛，但也沒多差好嗎？歷經一個月的準備，我們終於在聖誕晚會上表演。演著荒誕的戲、跳著像復健操一樣的舞，雖然丟臉，卻成功炒熱氣氛，大獲好評。

那時雖然每天都好累，卻很充實，有老師天天盯著念書、有朋友陪著打鬧偷閒。曾經以爲最痛苦的高中生活，在多年後，居然變成最美好的回憶。

我往窗外看，那群學生還在練舞，不知道他們未來會不會爲現在的自己感到驕傲呢？時間已過半小時，公車仍困在車陣中。

長長的車龍沒有盡頭，往前往後都沒有退路，就像二十五歲的我們，無法進階到更成熟穩重的樣子，也退不回懵懂單純的自己。

晚上八點，街燈已亮起，我才終於下了公車。

天色昏暗，小巷安靜得可怕，走路聲清晰可聞，風穿過樹林時的沙沙聲讓人生懼，我加快了腳步。

忽然間，巷弄裡多了我以外的腳步聲，一步一步跟在後面，多年前在小路被人跟蹤的回憶浮現，心不自覺揪得好緊。

前方有盞路燈，我快步朝那走去，到有光的地方，但是身後的腳步聲也跟著加快。

不是錯覺，眞的有人跟著我，路燈映照出他的影子。我拔腿就跑，上氣不接下氣，對方緊跟在後頭。

腦海中浮現曾在新聞上看到的殺人魔分屍案，冰冷的刀尖貼在頸脖，刺入動脈，血液噴濺滿地，無法動彈的身體逐漸冰冷僵硬。

不要，不要過來！我朝家的方向狂奔，終於跑到家樓下，一看見警衛室的大叔，我就緊張地喊：「大叔救命，有人跟蹤我！」

警衛大叔趕緊從座位上站起身，看著我的身後，我也跟著看過去，在盡頭處有個人影——徐靖陽，還是一臉無語的徐靖陽。

我看著他，比他更無語。兄弟我可以解釋……

警衛大叔警惕地走出警衛室，指著徐靖陽，「他騷擾你嗎？」

我立即解釋，「沒沒沒，認識的。」

他皺著眉頭，上下打量警衛室外的徐靖陽，悻悻然地道：「現在年輕人事真多。」說完便走回警衛室。

不遠處的徐靖陽穿著黑色外套佇立在路燈下，夜空的薄雲消散，月光灑在他身上。

此刻的他有些陌生。

自認識他以來，我見過他滿不在乎的樣子、刻薄嘲諷的樣子，也見過他愉悅輕笑的樣子，卻從沒見過他這麼專注的模樣。

我走向他，「你怎麼來了？」

「溫昕說妳在忙，就來看看。」由於身高的差距，他的視線微微向下，落在我頭頂。

換成之前的他說這句話，我是一點感覺都沒有的，但現在怎麼聽都覺得曖昧，害我頓時不知道怎麼回應。

「那個……你那天說的……」我猶豫了會，還是開口。

「妳當我是開玩笑的吧。」他的聲音像嘆息。

我抬起頭，他的臉龐在月光下變得柔和。

「就像以前那樣相處就好。」他與我對視。

透過月光，我終於看清楚他的雙眼，他明明帶著笑，卻不開心。

我想說點什麼，但什麼都說不出口，只能愣愣地看著他。

他緩了緩情緒，恢復平時淡然的表情，朝著我的頭伸出手，似乎想摸摸我的頭。

太突然了，我向後退了一步，他的手便懸在空中，氣氛變得無比尷尬。

我張口想解釋，但他先一步出聲，「嗯，就是這樣，先走了。」

他轉身，朝我揮了揮手，沒有留下什麼話便離開了。

不知道為什麼，這結果既沒讓我鬆口氣，也沒有比較開心。

✉

那天過後，徐靖陽就回臺中了。

像是刻意避開傷口，他沒有再與我聯絡，訊息、電話都沒有，我的世界突然少了一道熟悉的聲音。

手上的專案繼續進行，經過幾天鍥而不捨地聯繫，我終於聯絡上蕭芸文。

這幾天她剛好來臺北出差，特地撥空與我會面，我們約在一間餐廳。

我一直在想，蕭芸文參加這個活動，是想跟誰告白？徐靖陽嗎？還是另有其人？如果她眞的是要跟徐靖陽告白怎麼辦？

正想著，蕭芸文就到了。

「蕭小姐您好。」我起身向她致意。

「妳好。」

她徐步而來，身著俐落套裝，一頭烏黑的長髮束起，很有商業女強人的樣子。

說到蕭芸文，高中時我經常聽男同學提起，三中最出名的美女，分別是三年級的蕭芸文、吳姿晴和二年級的黃安琪。大部分的人以「高冷美人」評價蕭芸文。

蕭芸文不是成天嗲聲嗲氣的嬌弱美女，相反的，她總透著一股清冷的氣質，就算三十度高溫的夏天，都能硬生生逼成早秋。

相較親切溫柔的吳姿晴、嬌小可愛的黃安琪，身材高䠷且冷淡寡言的蕭芸文儼然是一座冰山。不過，長得漂亮、成績好、有才華，依然吸引了許多仰慕者。

我曾聽同班同學提到，蕭芸文的美，是連女孩子也會心動的，令人屏息的美。

說來好笑，高中三年，我都沒有機會親眼見到這位傳說中的美女，她的長相還是我從校刊社採訪她的文章中看到的。

雖然她曾經和徐靖陽在一起，但是那隻小氣的狐狸，一次都沒有把女朋友介紹給我，無論我和溫昕如何央求都不答應，看一眼也不行。

我還因此和他爭論不休，我雖然好美色，但又不會對她怎麼樣，朋友妻不可戲的道理，我還是明白的。

這麼說來，徐靖陽肯定很喜歡她。

不知道爲什麼，想起這件事，心裡總有些不舒服，又說不出是哪裡不對勁。

「關於今天要和您討論的……」我拿出企畫書，準備和她解釋告白活動。

「我聽說妳是我學妹，對嗎？」她忽然開口。

「呃……對。」我點頭。

「靖陽和我提過妳的名字，我有印象。」她眼中含笑。

她面上妝容相當精緻，明明是很有距離感的一張臉，臉上帶著些許曖昧的笑，反而增添一股禁慾感，我似乎有點懂所謂「女孩子也會心動」的美。

「這、這樣啊。我們是高中同學，學姐那時候很出名，大家都知道妳。」我被她看得有些害羞，眞不知道徐靖陽都是怎麼面對這張臉的……

她漾起微笑，「那又怎麼樣，最後還不是要你們幫我告白。」

我確實沒想到，像蕭芸文這樣長得好看、條件又好的人，也會需要別人幫她告白。

不知道對方是什麼樣的人？眞的是徐靖陽嗎？

「學姐要告白的對象是……」我開口問。

蕭芸文拿出手機，手機螢幕上是一張照片。

那張照片我曾經在她的臉書上看過——她和一個女孩的合照。

「我想跟她告白。」蕭芸文看著我的眼神不同了，很認眞。

我呆愣著，不發一語。

「有辦法嗎？」她問我。

我回神後點頭，「可以，當然可以，」我想了想，追問：「學姐……」

「我喜歡女孩子，一直都是。」她微笑。

一直都是？那徐靖陽呢？

似乎看出我的疑問，蕭芸文解釋，「我和靖陽沒在一起，確切來說，是假裝在一起。」

「為什麼？」

當時全校都討論著徐靖陽和她的事情。大家都說，徐靖陽把到了全校最難追的學姐，還有人看到他們接吻。

這些年，徐靖陽對待和蕭芸文有關的事情，是那麼認真，怎麼可能是假裝的？

「那個時候，我喜歡上我的好朋友。」她的聲音驀地低沉，聽起來有些苦澀。

我靜靜地聽她說。

「我和她國中就認識了，是同班同學。每天放學後，我都會在練習室練小提琴，她在體育館打排球，直到晚上再一起回家。一開始不覺得有什麼，只是日復一日，關係漸漸變得緊密，我也不知不覺依賴起她。某天，我一個人練琴，她不在，我突然覺得很孤單。」

她陶醉地回憶著。

「後來我才意識到，我好像喜歡她。可是，她好遲鈍，無論我怎麼暗示都沒有發現。上了高中之後，開始有男孩追她，但她始終沒有答應，我就想，會不會……她有可能是喜歡我的，所以我請靖陽幫忙。」

「讓他和妳在一起？」

「是假裝在一起。」她說：「我讓他假裝和我在一起，然後告訴其他人。我想知道，我喜歡的人會不會介意。」

「結果呢？」

她頓了會，輕輕嘆息，「沒有，她很爲我高興。」

「那……爲什麼有人說看到你們接吻？」

「妳確定他是親眼看見的嗎？」

「這也是假的？」

她點頭，「我和他只是在學校廣場做做樣子，沒有眞的親。」

「爲什麼要這麼大費周章？」

「因爲這樣最快、最有效，這個消息透過看見的人傳播，全校馬上都會知道，也不會有人懷疑。傳遍了全校，那我喜歡的人也會知道。」

蕭芸文說不定也是屬狐狸的吧？

「那爲什麼要找徐靖陽？」學校的男生這麼多，爲何偏要找一個素昧平生的學弟？

「因爲我知道他不會喜歡我。」她直勾勾地看著我。

「什麼意思？」

「我和他是一樣的人。」她說。

「他有喜歡的人，肯定不會喜歡我的，所以他很適合幫我這個忙。」她笑著，眼神像是有魔力，能看進人的內心深處。

我想她肯定知道什麼。

「他……喜歡誰？」我的聲音發顫。

她的眼神越發柔軟，娓娓道來，「我問過他，他說是一個莫名其妙的女孩，而且還是他的好朋友。我一直很好奇，現在總算是見識到了。」

所以，眞的是我。

「那他爲什麼要幫妳呢？」訊息太多、太複雜，我思考不過來。

「天底下可沒有平白的好處，既然他幫我，我也幫了他。」她神祕地笑。

「啊？」

「我在試探喜歡的人，他難道不是嗎？」她笑著，有些無奈，「算了，讓他直接告訴妳吧。」

與蕭芸文深聊後才知道，她喜歡的對象是公司的同事，是一個開朗可愛的女孩，年紀比她小一點。

她還告訴我，高中的時候她之所以那麼難追，是因爲追她的都是男孩，偏偏她喜歡可愛的女孩，所以她只好裝作很難接近的樣子。

爲此，她可是煩惱了好一陣子。眞是奢侈的煩惱。

與她深談後，我回報給溫昕，讓他們著手準備告白活動，只是，在這之前還有一件事。

第八章

這天早上，老張慎重其事地把大家聚集到會議室。這是我進公司以來，規模最大的一次會議。

他清了清喉嚨，走到會議室主位，身後是一塊白板。

「今天把大家找來，是要宣布一件事。」他看上去有些嚴肅，不禁令人緊張。

「公司的員工旅遊已經確定了，地點在臺中。」他一改方才的態度，眉開眼笑地向大家宣布。

「臺中？不是澎湖嗎？」一個男同事偷偷問旁邊的人。

對方壓低聲音，「開玩笑，去澎湖跟去臺中價錢差多少，老張一定是『技術性』選擇臺中啊……」

接著，老張馬上解釋，「考慮到目前疫情還是嚴重，經過考量之後，決定避開人潮較多的景點，將員工旅遊的地點選在臺中。」

見到大家失落的眼神，他又接著說：「但是爲了犒賞大家努力工作，公司招待各位去木槿集團飯店住宿。」

這話一出，原本低迷的氣氛瞬間歡騰，大家欣喜地討論著。

木槿集團是國外知名的財團，前幾年在臺灣設立飯店，是全臺數一數二的高級飯店，不但很難預約，而且要價不菲。

「老張果然是發達了啊……」我跟身旁的溫昕說。

「不，我覺得事情沒這麼簡單。」溫昕持保留態度。

就在這片歡樂的氣氛中，老張再度開口：「但是，這次員工旅遊還有個重要的任務，就是要爲我們的品牌拍攝一支廣告。」

會議室的氣氛又回到了原本的低點。

嗯，是熟悉的老張。

總而言之，這趟員工旅遊憂喜參半，可以住進全臺最高級的飯店，但是要工作。不過，對於大多數的人來說，這仍是個值得開心的消息。

✉

員工旅遊這天，全公司員工早早抵達集合地點搭車。

經過幾個小時的車程，終於抵達臺中。這次出遊，比起員工旅遊，更像公司集體出差，大家都帶著工作的傢伙，隨時準備開工。

到了飯店，寄放行李後，大家各自準備拍攝作業。

老張說了，第一天上午要先完成拍攝作業，好在我沒有被分配到工作，所以這段時間，我可以自由活動，但溫昕就沒那麼幸運了，她和小劉留下來協助拍攝。

飯店在山上，周圍沒有什麼商店，我在附近走了很久，才終於看到一間早餐店。一大早就起床，我還沒有吃飯，迫不及待光顧。

走進店裡，我才發現這是一間複合式早餐店，本業是民宿。

一個男人朝我走來，雖然已多年不見，但我仍一眼就認出他。

「小八？」我驚訝地喚。

小八拿著吐司的手一鬆，比我更訝異，「一帆？妳怎麼在這裡？」

我立刻衝上前，「好傢伙，小八你現在居然自己當老闆了。」

他笑了笑，和以前一樣憨厚。他拾起剛才掉落的吐司，「臺北的生活步調太快了，所以和我老婆回老家開民宿。」

「你老婆？」

他笑著用眼神示意，我看向他指的方向，那人就是我們幫他努力挽回的女朋友倩倩。

「天啊！你們結婚了？這也太……太不夠意思了！小八，我沒喝到喜酒！」我轉頭對他說。

「哎，因爲這兩年疫情嘛……婚禮只能延後辦，到時候一定保留位置給妳。」他撓撓頭。

簡單寒暄後，小八告訴我，因爲臺北的工作越來越繁重，又碰上疫情，實在吃不消，所以他和倩倩去年來這裡開民宿。

「只有妳一個人嗎？」小八招待我一份早餐，左右張望。

我將蛋餅送進嘴裡，含糊不清地問：「對啊，不然呢？」

「哦，我想說靖陽跟溫昕怎麼沒跟妳來？」他有些失落的樣子，看來幾年沒見，還是很懷念我們這些欠打的小鬼。

「溫昕還在忙工作，下次有機會，我帶她一起來……另一個嘛……」

想到徐靖陽就頭痛，上次跟他分開後，我們就一直沒有聯絡，我都不知道我們算是什麼樣的關係了。

「就很麻煩了。」我嘆道。

「怎麼了嗎？」他關心。

「沒有啦，就是……好像……吵架了？」

「靖陽嗎？」小八很懷疑。

「呃……嚴格來說，是我單方面惹他不開心。」

和徐靖陽認識這麼久，我似乎沒有什麼和他吵架的經驗，所以也不知道怎麼處理這種尷尬的局面。

「妳惹他不開心？」小八表情驚訝，欲言又止。

「嗯。」我點頭。

「發生什麼事了嗎？」小八的語氣溫和，像多年前還是新人教師時，開導迷惘的學生那樣。

我將我和徐靖陽之間發生的事情告訴他，他靜靜聽著，沒有太多反應，似是對這件事情毫不訝異。

「原來是這樣啊，我知道了。」他說，展開笑容，「我想他應該沒那麼容易生氣。」

「爲什麼這麼說？」

「妳還記得，高二時你們參加高三畢業典禮，爲畢業生送花嗎？」

我點頭，那是我們拜託小八向學校爭取來的機會，交換條件是在聖誕晚會表演。

「其實，這個機會是靖陽請我幫忙爭取的，他很誠懇地請我幫忙。」

「徐靖陽？」我相當驚訝。

他點頭，「靖陽問我，如果你們爲學校做一點貢獻，那學校願意讓你們上臺獻花嗎？老實說，我很意外他會這麼說。他是你們幾個裡面話最少的，做什麼事都提不起勁的樣子，沒想到，他會爲了一件事這麼努力爭取。所以我想幫忙，才去跟學校溝通，很幸運的，學校答應了。」

我驚訝得忘記說話，我一直以爲是自己幸運過頭，全然沒想過，這個機會是徐靖陽幫我爭取的。

「他怎麼……」

「我知道他是爲了妳，讓妳能代表在校生上臺獻花。所以，我問他爲什麼想幫妳。」

「他怎麼說？」

「他說……」小八仰頭思考，「那個笨蛋一百年都考不進全校前三，不可能上臺獻花的，到時候肯定會哇哇大叫，一定很吵。」

我謝謝你啊，老徐。

「我想……」小八話音懸而未落，我抬起頭直視他。

「他一定很喜歡妳。」

小八的聲音在鬧哄哄的早餐店裡，顯得特別微弱，彷彿下一秒就會被其他客人的聊天聲蓋過。即使如此，這話還是清晰地落在我心裡。

活了將近二十五年，暗自喜歡一個人十年，頭一次知道，有人喜歡我。

原先還半信半疑的想法被其他人證實，心跳聲咚咚地響，放肆不已。

腦海中不禁浮現有關徐靖陽的回憶。

傅延川和蕭芸文都說他喜歡我，他也親口承認，現在就連小八也這麼說。我實在不明白，他為什麼會喜歡我呢？喜歡這麼普通的我。

在那些青春年少的時光裡，有多少他沒有告訴我的事？

而真正的你又是什麼樣子呢？

徐靖陽。

約莫十一點，我向小八他們告別，並答應他們，等疫情過後會參加他們的婚禮，也一定會再來光顧。

在小八的推薦下，我前往人潮聚集的市區。

臺中的市區和臺北沒有太大的區別，高樓林立、車水馬龍，令人印象深刻的是商家店面寬廣，每一家都像是旗艦店。

站在熙來攘往的十字路口，抬頭望，一幅巨大的廣告條幅映入眼簾，是《神隱少女》二十週年紀念電影的海報，現在剛好在院線放映。

我走入電影院買了一張票，走到對應的座位等待電影開始。手機螢幕上顯示十一點二十四分，還有幾分鐘就要開演了。

此時，餘光瞥見有人站在我旁邊，似乎是要到我另一邊的座位，我立刻將腿收進座位，讓出空間，只是對方遲遲沒有動作，佇立在原地。

我抬頭看，是徐靖陽。

我呆滯地看著他，他睨了我一眼，「妳不會是F9吧？」他揚了揚手上的票——F10。

我眨了眨眼，指著座位椅背的數字編號，F9。

他無奈地接受這個事實，在我身旁坐下。

怎麼會剛好在這個時候遇到徐靖陽？電影院這麼多位子，偏偏坐在一起，這什麼要命的緣分？我謝謝祢啊，月老。

隨著他坐下，我全身的神經緊繃，想開口聊天，又不知道能聊什麼，保持沉默卻尷尬難熬。

我看了眼手機，十一點二十七分，距離開演還有三分鐘。

我敢說，這是我人生中最漫長的三分鐘。

「怎麼只有妳？」徐靖陽開口，語氣平淡，像過去十年那樣。

「溫昕他們在飯店幫客戶拍廣告，我剛好沒事就來看電影。」

「員工旅遊還拍廣告？果然是老張。」他嗤笑。

氣氛逐漸緩和，我開口：「你怎麼也來看這部電影？」

此時，廳內暗了下來，大銀幕上的廣告已經播放完畢，正式進入電影。

「因爲有個人推薦我。她說，一輩子一定要看過一次。」

他的語氣仍是輕輕淡淡，像陣風，卻擾亂我的思緒。

電影開始。

✉

高中時，某次的表演藝術課，老師讓大家分組做報告，介紹一部電影，我、溫昕和徐靖陽決定介紹《神隱少女》。

這部電影只有我和溫昕看過，徐靖陽對電影、音樂一點興趣都沒有，只想趕緊度過這門課。

討論時，他問我爲什麼執意要選這部電影。我告訴他，這是一部一輩子一定要看過一次的電影。

我說不出動人的理由，只說是被劇情深深感動，立刻就收到徐靖陽鄙視的眼光。

畢竟要上臺報告，徐靖陽還是花時間研究了這部電影，甚至去搜索資料，在報告當天講得滔滔不絕。

在那之後，他好像也喜歡上這部電影了，偶爾看見跟這部電影相關的文章，都會分享給我。

我想起來了，大學時，他分享過一篇分析這部電影的角色和隱喻的文章。我也是透過那篇文章才知道，無臉男是暗戀者的形象。

此時，電影裡的無臉男看著即將離去的女主角小千，他沒有像過去一樣跟在她的身後，而是對著她揮手道別，目送她搭電車離去。

無臉男因爲小千無意間給予的溫暖，展開了一路的暗戀，從萌芽到茁壯，進而失控，最後放下。

這也許是他最好的結局——沒有結果的暗戀者，終於向自己的執念告別，可以尋找屬於自己的溫暖。

就像徐靖陽對傅延川說的那些話。

「我看過一張圖，是網路上的二次創作。有人爲無臉男畫了他拿下面具的樣子。」徐靖陽看著眼前的大銀幕，緩緩地道。

「面具下的他有一張清秀帥氣的臉龐，那張圖片下有人留言說，如果小千知道無臉男長這麼好看，她會不會爲他心動。」他的聲音帶著笑。

他徐緩轉過頭，視線落在我身上，眼眸深處有我看不明白的情感。

「妳說，如果他夠勇敢，能在喜歡的人面前拿下面具，他喜歡的人會心動嗎？」

我張了張口，什麼也說不出口。

他輕輕笑著，「怎麼可能。」

那若有似無的情感轉瞬即逝，他的雙眼又恢復原本毫無波瀾的樣子。

電影結束，廳內的燈光亮起，觀眾紛紛起身準備離開，徐靖陽也收拾好東西起身，而我還坐在位子上。

他居高臨下地瞅著我，「不走？」

我坐在位子上，抬起頭回答：「老徐，不太妙。」

他見我表情不對勁，斂了神色，「怎麼了？」

「我好像那個來了……」我的聲音顫抖。

他非常無語。

「沒帶衛生棉？」不愧是老狐狸，一句話就問到重點。

我尷尬地點頭。

他像是突然想到什麼，急忙開口：「等等，妳沒沾到座椅上吧？」

我驟然起身，轉身一看，座椅沒有事，但是站在我身後的他馬上就綠了臉。

「褲子沾了。」他冷冷地說。

我伸手要遮，他一把擋開我的手，脫下身上的襯衫，繫在我腰上。

「還好我多穿一件襯衫。妳到底是不是女人，有點自覺好不好？」他扶著額頭說。

我指著褲子上的血漬反駁，「當然，我是貨眞價實的女人！」

他投以鄙視的眼光。

「我等等去買衛生棉。」我悶聲道。

「走吧。」

他領著我走出電影放映廳，我跟在他身後，看著他的背影，他脫下襯衫只著一件白色短袖T恤，看上去有種學生的青澀感。

學生時期的他，穿著白色襯衫，又高又挺拔的身材，總會引來許多人的注目；出了社會的他也穿襯衫，但多半是深色或其他顏色的商務套裝。

此時此刻，莫名有種回到學生時期的錯覺。

徐靖陽讓我在電影院等著，不一會，他帶回衛生棉和一件褲子。

換好衣服後，他開車送我回飯店。

一路上，我都在想小八告訴我的那些事，還有方才在電影院他說的那些話。

「想什麼？」他直視前方路況，開口問。

「想你啊。」

我一直想著剛才那些事情，一個不注意脫口而出，說完馬上就後悔了。

車上陷入一片沉默，比剛才更安靜。完了，真的完了。

驀地，他輕哂出聲，逐漸變成開朗的笑聲。

「你有病……」

聽見我的吐槽，他笑得更大聲了，我從沒看過他笑成這樣。

「很可怕的老兄，你要是壓力大別憋著，去看醫生。」我又說。

「沒事，我只是很開心。」他突如其來的話讓我手足無措。

車子繼續前行，他的心情似乎真的好多了，嘴角微微上揚。

一陣思考後，我開口：「蕭芸文都告訴我了，高中時的事。」

「妳都知道了？」他輕哂。

我點點頭，「但……我想聽你怎麼說。」

「想聽什麼？」

「不是，這件事情太荒謬了，你怎麼會喜歡我呢？我們認識這麼久了，就差沒穿同一條褲子了，你、你怎麼會喜歡我呀……」

「我是不介意穿同一條褲子。」他語帶曖昧。

「你是不是欠打？」

他不以爲意地聳肩，乖乖閉嘴。

車子在紅綠燈前停下，他看著眼前的路況緩緩開口。

「我也想知道，可是當我發現自己喜歡妳的時候，這份情感已經存在很久了，久到我忘記是從什麼時候開始的。它變成我生活的一部分，每天只要睜開眼睛，就能感覺到它在那裡。看到香菜，就會想到妳厭惡的表情；聽到下雨的聲音，就知道妳會用什麼語氣抱怨；提到傅延川，就會想到妳有多開心。」他回答剛剛的問題。

他見證了我這些年來的暗戀，儘管知道我有多喜歡傅延川，他還是喜歡我。怎麼這麼傻呢？

我眼神閃爍，「你……這些年都沒有提蕭芸文的事，那麼保護她，我還以爲你喜歡的是她。」

「她沒告訴你嗎？她不喜歡男人，也不想讓別人知道這件事，所以我沒說。而且……」

「而且什麼？」

他瞥我一眼，「我想知道妳的反應。」

我一愣，終於明白那時候蕭芸文說的話。

「我在試探喜歡的人，他難道不是嗎？」

我吶吶開口：「畢業典禮的時候也是……」

他頷首。

「爲什麼？」如果他眞的喜歡我，爲何要幫我爭取上臺的機會呢？

「至少妳很開心。」他眼尾有笑意，語音輕輕淡淡的。

車子起步。

抵達公司下榻的飯店時，溫昕他們已經在大廳集合了。

「呦！老徐，你怎麼來了？」溫昕站在不遠處朝我們招手。

「剛好遇到。你們今天有什麼行程？」徐靖陽還是那副雲淡風輕的樣子。

「等等要去麗寶樂園，晚上回飯店有晚會，你要一起來嗎？」溫昕問他。

他回頭看了我一眼，我不明所以回望他。接著，他轉頭回去告訴溫昕，「好啊。」

「糟糕，那門票錢……」溫昕皺著眉頭。

這時，徐靖陽伸出手，指向我，瞇起的眼睛藏著狡黠，「這位金主會處理的。」

我無語，誤會大了，我對包養狐狸沒有興趣好嗎？

「一帆要付錢？」溫昕有些疑惑。

徐靖陽又看向我，臉上的笑具有威脅性。

我深吸一口氣，「對，我付錢，老子錢多沒地方花。」畢竟剛才受人幫助，總得回報。

「謝謝乾爹。」徐靖陽巧笑著。

「我眞是不懂你們。」溫昕一臉迷茫地道。

幾個同事結束拍攝工作後，收拾好工具到大廳集合。看到許久沒見的徐靖陽，眾人不禁熱情地向他打招呼。

「妳說，老徐的人緣是不是越來越好了？」溫昕走到我身旁。

徐靖陽被包圍住，面對這麼多人，他看起來依舊游刃有餘，換做以前的他肯定很不適應，還眞是今非昔比。

沒多久，人群終於散去，他朝我們走來，褪下虛僞的笑容，一臉冷淡，「吵死了。」

剛剛那個談笑風生的他，早已不復見。

「你和他們談了什麼？」我問他。

「我問他們明天的行程，然後露出很感興趣的樣子，再說幾句『好羨慕』，他們就說要帶我一起去。」徐靖陽眨了眨他那雙桃花眼，說著如此冷血的話。

我和溫昕異口同聲地說：「狐狸。」

不一會，阿梅姐就召集大家上遊覽車，準備前往麗寶樂園。

我上車後，徐靖陽一屁股坐在我身旁。

「你幹麼？」我瞪著他。

「搭車啊。」他不假思索。

「不是，位子那麼多，你坐我旁邊幹麼？」

「妳旁邊的位子有鑲金，還是有寫名字？我就坐這裡。」他死死定在座位上不肯走。

「走開。」

「不要。」

我起身要換位子，他腿一伸，封死我的出路。

「徐靖陽你幼不幼稚？」

「嗯，今年五歲。」

「一個位子而已，有必要嗎？」

「我原話送還給妳。一個位子而已，有必要嗎？」

算了，反正我從來沒在口舌功夫上贏過他，索性放棄，坐回座位。

車上的同事們開始起鬨，鬧著最愛表現的Sam唱歌，幾個活潑的同事也跟著一起唱跳，聲響包圍整臺車。

看著他們開心的樣子，我也跟著笑了笑，忽然，肩膀一重，徐靖陽靠在我肩上睡著了。他的臉上沒有平日嘲諷的表情，神情放鬆，難得平靜，似乎是眞的累了。我也不好將他推開，就任由他靠著。

我看著肩上的他，回想起以前的事——

徐靖陽剛轉到我們高中時，總是一身尖銳的傲氣，看上去就不是個好相處的人。再加上講話直接，所以他在開學之初吸引來的仰慕者，沒多久就放棄了，甚至開始有人討厭他。

像我這種與世無爭的人，沒興趣招惹他，能避就避，全副心力都在傅延川身上。直到他轉來的一個月後，班上重新分配打掃工作，我和他抽中外掃區，才慢慢變熟。

我們班的外掃區在教學大樓的邊間，離教室很遠，光是來回就要花上一大段時間，所以是大家最不想抽到的掃區，就是傳說中的籤王。

起初我和他沒什麼話聊，某次，他提到傅延川，我滔滔不絕地講了一堆話，本以爲他會嘲笑我，沒想到他卻說，「這麼認眞地喜歡一個人也挺好的」。

原來，看上去冷冰冰的人，也會說出溫暖的話。

我因此對他改觀，久而久之便成爲朋友，一路走到現在。對他的稱呼也從剛開始客客氣氣的「徐同學」，變成現在喝來呼去的「徐靖陽」。

下午兩點，我們到達麗寶樂園。

一進入樂園，大家分頭去排各種不同的遊樂設施。不少年輕的男同事相約去賽車場比拚，喜歡玩水的同事則換上泳衣前往水上樂園，而年紀大一點的，或不喜歡活動的同事，則留在主園區內。

溫昕跟著幾個女同事去了水樂園，適逢生理期的我，被徐靖陽留在主園區。

見我失落，他陪著我逛園區，每見一個遊樂設施，就問我想不想玩。

「要玩嗎？」他指著旋轉木馬。

我搖頭。

「海盜船？」他繼續問。

「會吐出來。」

「雲霄飛車？」他指著遠處那座火山。

我回頭睨他，他的臉色有些蒼白，看起來沒什麼精神。

「你現在要是坐雲霄飛車，會休克吧？」我接著問：「你怎麼回事啊？看起來快昏倒了，剛剛在車上也好像很累。」

他露出一個逞強的笑容，「昨天比較晚睡。」

我看著他，很是懷疑。

我搜尋了會，園區內的遊樂設施林立，幾乎每一項都有很多人排隊。我注意到遠方的摩天輪，那裡的人最少。

「不然……那個。」我的眼神往摩天輪的方向瞥。

他順著我的視線看過去，點點頭。

摩天輪很高，乘坐在上面可以眺望整個園區，底下的人們頓時變得渺小。往上看是一望無際的藍天，廣闊的景色令我雀躍。

「你看。」我喚徐靖陽，卻沒聽到他的回應，一回頭，發現他倚在車廂，半瞇著眼，模樣虛弱。

「你怎麼了？」我趕緊到他身邊。

「應該是暈車，剛剛坐車的時候就很暈了。」

「那你還跟著我上來，有夠亂來。」

他閉著眼張了口：「我才不像某人，喝了幾杯酒就醉到睡在居酒屋，還一邊碎念、哭了一路，那才眞的是亂來。」

「誰他媽醉到……等等……」我話音一頓，意識到他話裡的不對勁。

喝到睡在居酒屋，不是之前跟溫昕約的酒局嗎？他那天明明在加班，怎麼會知道？

「你剛剛說我喝到睡著，什麼意思？那天你也在？」

他睜開了眼，沒有回話。

「我在問你。」我認眞地看著他。

「那天是我送妳回去的。我加完班後跟小劉趕到妳們約的居酒屋，妳們兩個直接睡在人家店裡，我和小劉一人帶一個送妳們回家。妳一路上都在哭，還吐了我一身。」說完，他又闔上眼。

原來那天是他送我回家的，耳邊那個溫柔的聲音也是他的。

「徐靖陽。」我顫著聲喊了他的名字。

「嗯。」

「你還有多少我不知道的事？」

半晌，他緩緩睜眼，雙眸烏黑晶亮，像一汪深不見底的泉水。

他炯然凝視我，好一會才終於回答：「高一的時候，爲了和妳同一個掃區，和別人交換打掃工作，但天天聽妳說另一個男人的事。高二晚自習，爲妳去搶福利社新口味的麵包，可是傅延川早一步送妳不喜歡的麵包。畢業典禮怕妳眞的和傅延川告白，所以讓人用廣播找妳，打斷妳的告白。愛了一個人十年，但她渾然不知。除了這些，沒別的。」

他一氣呵成，話音有些顫抖，像是把十幾年來的勇氣全部用掉。

那些久遠的記憶，隨著他的話語自心底翻湧而上，一幕幕都渲染上別樣的色彩，在在都是他不曾被我知道的愛慕與嫉妒。

那些我自以爲的緣分，其實是他處心積慮的安排。我的青蔥歲月裡，處處藏著他細碎的溫柔。

我呆愣在原地，滿腔的情緒凝在喉間，一個字都發不出來。

「所以說，有些事不說出來比較好。」他的聲音苦澀。

我們僵持片刻，直到車廂緩緩落下，窗外景色不再遼闊。

我低啞著聲音，艱澀地告訴他，「徐靖陽，你不要再這樣了。」不要再喜歡我了，別像我一樣可憐。

車廂轉回原處，工作人員打開門，我先一步離開車廂，在偌大的園區奔走。我不知道該去哪，卻一味加快腳步，試圖甩掉身後那些複雜的事情。

我竄過來往的人潮，走進一間餐廳。裡頭很吵鬧，但我異常平靜。

耳邊不斷回放徐靖陽剛剛說的話。

他是怎麼保持著這樣的心情喜歡著我？看著我暗戀傅延川，一面為我感到委屈，一面也讓自己委屈。

忽然間，過去他曾說過的話再次浮現。

「因為妳喜歡他，就覺得他是最好的。」

「妳說，如果他夠勇敢，能在喜歡的人面前拿下面具，他喜歡的人會心動嗎？」

「所以說，有些事不說出來比較好。」

其實他早就在暗示我了，我卻渾然未覺。

他站在我身後十年，看著我喜歡傅延川十年，明明近在咫尺卻不敢告訴我。

原來最近的距離，最遙遠。

他也是那個最傻的暗戀者。

直到傍晚，大家集合坐車回飯店。

這次，徐靖陽沒有上車，聽其他人說，他臨時有事先回去了。

我看著身旁的空位，落寞隨著窗外逐漸滲入的霞光，來得後知後覺。

回到飯店，老張讓大家先回房休息，晚上七點在飯店餐廳集合參加晚會。

我和溫昕同一間房，一打開房間，映入眼簾的是落地窗外層巒疊嶂的山景，夕日懸在山間，一片赤橙的暖光籠罩山巒。

溫昕先去浴室洗漱，而我坐在床上，靜靜欣賞這幅景色。

此時，手機一連震動好幾聲，公司群組突然多了很多訊息，點進去細讀，是徐靖陽出事了。

阿梅姐在群組說，徐靖陽回家路上昏倒了，載他的計程車司機及時注意到，趕緊把他送去醫院。還不確定是什麼原因，但人目前在急診室，需要有人照看。

幾個同事語帶關心地回覆訊息，但也只是關心。

「我去找他。」

回過神時，我已經按下發送鍵了。

✉

晚上八點二十分，醫院的病房很安靜，附近沒有其他病患。我坐在病床邊算著，已經兩個小時了，徐靖陽還沒醒。

他從急診室轉到一般病房，一臉蒼白地躺在病床上。

醫生向我說明，他因貧血暈倒，沒有大礙，只是要注意生活作息。

怪不得他今天臉色那麼蒼白。

我往前靠近了點，凝視他熟睡的臉，忽然間，他眼睫顫動，睜開了眼。

他直視著天花板，似乎還沒回神。

「徐靖陽你是白痴嗎？把身體搞成這樣。」我忍不住啐道。哪有人這麼不照顧自己的身體。

他沒有生氣，也沒有任何不屑的樣子，難得乖乖聽我教訓。

「要不是司機好心送你來醫院，你——」

「一帆。」他驀地打斷我。

我凝住呼吸，有種預感，他會說出令我無措的話。

「你不要說。」我連聲音都在抖。

「一帆……」

「我叫你不要說。」

我害怕聽見他說「喜歡我」，更害怕他決定放棄單戀，從此不再當朋友。

「我等很久了，一帆。」他的聲音沙啞，蒼涼如斯。

他坐起身，直視著我，幽深的黑眸一瞬不動，「我喜歡妳很久了，久到連我自己都快忘記了。每天吐槽妳、捉弄妳，然後在妳需要的時候出手幫妳。妳知道嗎？妳當初找我進公司的時候，我很開心，雖然妳只是想找個人陪妳一起受難，但是妳第一時間就想到我，當時我就在想，我對妳來說，會不會……也很重要。我把心意藏在我們的友誼之下，看著妳喜歡一個很遙遠的人，既想幫妳，又不希望妳成功。一帆，我等得夠久了。」

「不要說了……」我制止他，鼻頭泛起酸意。

「我只是想告訴妳而已。」徐靖陽娓娓道來，語氣溫柔無比。

他凝睇我，長長的睫毛掩蓋不住他清澈執拗的眼神，那是我從未見過的他，除卻了戲謔和一身傲氣的他。

他伸出手，指腹在我眼角輕輕摩挲。

「妳哭了。」他說。

眼眶很熱，淚水滿溢而出，我再清楚不過的心酸和卑微，同樣緊緊扼住他。

他像我一樣，在沒有人看見的地方整理自己的心，無法付諸的溫柔，零落地碎在我所不知道的日子裡。

在那些我一無所知的事情中，他有多少無奈？對自己說了多次「沒關係，至少她很快樂」？

原來，我以為的命中注定，都是另一個人精心安排的犧牲，一場注定會失敗的暗戀。

「不喜歡我也沒關係的，我沒要妳答應。」他說得很輕。

「笨蛋……」我只能無措地罵他。

今夜的月光不再那麼朦朧，清晰地映出他的臉廓，終於讓我清楚地看見這位暗戀者。

他是終於拿下面具的無臉男，也是一個喜歡我很久的人。

翌日，徐靖陽要我幫他辦出院，他還想跟著公司的行程繼續玩，但在我的要脅下，他答應乖乖回家休息。

許是因為昨晚一次揭露了多年來沒說的心裡話，一直以來累積的情緒終於釋放，徐靖陽和我又恢復以前的相處模式，嘻笑打鬧、互相打擊。

然而，又有些許不一樣，總覺得他視線裡的溫柔更加明目張膽。

我叫了計程車送他回家，他的租屋處是一棟有管理員的社區大樓，警衛大叔特別親切，能從國際新聞頭條，聊到哪些住戶的管理費還沒繳。

「呦！今天這麼早。」大叔朝氣蓬勃地打招呼。

「今天沒上班。」徐靖陽也客氣地回應，我跟在他身後向大叔點頭微笑。

「女朋友啊？好漂亮。」大叔笑著問他。

我擺手解釋，「沒……我……」

徐靖陽一把牽住我的手，一雙桃花眼帶著笑意，壓低聲音對大叔說：「噓，大哥你太大聲了，她還沒答應。」

大叔馬上捂著嘴，「啊，當我沒說，我什麼都不知道，不知道！」眼神中卻有藏不住的笑意。

我在他身後怒瞪著他，徐靖陽莞爾，繼續牽著我走進他家。

剛進電梯，他就乖乖放開手，一道聲音飄來，「開玩笑的，我只是和那大哥鬧著玩，妳別介意。」

「講的好像我介意就有用一樣。」我扭頭不理會他。

「大哥特別照顧我，總是催我要找個女朋友，所以剛剛才這樣哄他。妳不要生氣，沒有下次了。」他這麼誠懇地道歉，我反而不好繼續計較。

我催促著他進家門，一走進，他家一如既往的乾淨。徐靖陽有潔癖，任何東西都要收得整齊乾淨，因爲怕被別人弄亂秩序，所以不隨便讓人去他家。也像他的心，沒有人能輕易走進。

將他的東西放好後，我準備離開。

「等等。」他喊住我。

「幹麼？」

「待會附近廣場有音樂活動，要不要去看？」他拿著傳單給我看，補充道：「當作昨天晚會的補償。」

傳單上有我喜歡的歌手，讓我心癢，看了看徐靖陽，他的視線中有著期待。

最後，我還是開口：「不用了，我等等要趕回飯店，今天要回臺北了。」

他點了頭，表情有些失望，送我到門口。

穿好鞋後，我告訴他，「徐靖陽。」

「嗯。」

「我覺得，我們還是當朋友比較好。」

對我來說，徐靖陽是能拌嘴打鬧，互相漏氣求進步的好朋友，地位甚至比情人更重要，我不想也沒辦法讓這麼好的朋友變成情人。

視線停在鞋尖，午後的陽光映在玄關地面上，拉長了影子。

眼前的他微笑僵滯，頓了很久才回答。

「我知道了」

第九章

週一早上，會議室裡。

「喂，一帆，妳發什麼呆？」溫昕喚我。

「好！」我抬起頭回答她。

「好什麼，我在問妳發什麼呆？」

「沒有啦，就是昨天沒睡好，有點累。」我揉揉太陽穴。

那天，我拒絕了徐靖陽，他也接受了，可是我心裡仍莫名其妙的鬱悶煩躁，明明不是我被拒絕。

溫昕靠近我，上下打量著，「妳不對勁喔？幹麼了？」

生平頭一次，我居然被溫昕質問，而且緊張到不知道要說什麼。

「我哪有，開會啦。」我催促道。

「好吧。」她終於放過我，交代專案接下來的執行事項。

過了一個多小時，終於討論完所有內容。

「所以……小劉負責場地，愷子準備道具，然後Anna跟莎莎聯絡舞者。都ＯＫ嗎？」

溫昕做最終確認。

大家紛紛點頭回應。

「那我……」我恍惚地開口。

「妳那天在公司待命，我們都不在公司，至少要有個人留守。」她的口氣不容置喙，我只好乖乖點頭。

自從失戀之後，溫昕越發像個精明幹練的女強人了。

下午，公司群組發了一則訊息，是關於臺中分公司的專案，近期要跑網路宣傳，需要大家幫忙點讚轉發，以增加曝光。

這是相機品牌的形象廣告，訪問市民人生中最想留下的一張相片，是哪個瞬間。

「如果人生是一部電影，你最想留下哪一瞬間？」

「大學相識的那天。」一對年輕夫妻說。

「和皮皮一起去草皮玩的那天。」年輕男人說，畫面上有張黃金獵犬的照片。

「應該是我和同梯一起退役的那天，當時……我以為我們能一起回到家鄉。」年老滄桑的爺爺，話聲中帶著北方腔調。他們等待歸家，盼了幾十年，同袍卻沒能熬到那一天。

一個中年婦女紅了眼眶，哽咽道：「和小恩去運動會那天，我和她一起跑到終點。嗯……那是她人生中唯一一個獎盃。」

小恩因白血病在五年前離世，當時她才十八歲。與媽媽一起上臺領獎，是她十八年的生命裡，最光榮的時刻。

影片後半段，工作人員替那對夫妻重現大學相識時的場景，兩人依相遇的情景拍了照。年輕男人拿著皮皮最愛的玩具球，往草皮丟，工作人員利用後製技術合成，讓他和皮皮再次「合影」。

爺爺久違地披上軍裝，工作人員利用造景與後製，重現他們當兵時的營區，快門按下，他笑顏裡那絲遺憾終於消去。

工作人員帶著中年婦女回到女兒以前的小學，觸景傷情的她做了很久的心理建設，才終於能面對鏡頭。

日光燦爛的操場，彩帶飄揚，頒獎臺上，她拿著閃著金光的獎盃，身旁是十八歲的小恩。在多年以後，小恩和媽媽再次上臺領獎，如果小恩知道，是否會為當時的自己驕傲？或許，對小恩媽媽來說，能夠生下小恩就是最大的成功。

留下人生中最重要的一刻，那就是照片存在的意義。

廣告感人又深刻，我不禁紅了眼眶，我問了臺中分部的同事，這是徐靖陽的專案。他明明看上去冷血無情，卻總是很擅長挖掘溫暖深刻的事物。

影片資訊欄中有個連結，是特別為活動設立的網站，邀請大家將人生中重要時刻的照片分享在網站上，並寫下照片背後的故事。

影片上傳後引起了不小的關注，很多民眾深受感動而響應活動，一張張照片都有精采的故事。

公司群組又來了訊息，希望大家能踴躍參加網站上的活動，每人至少要上傳一張。

原本想逃避這件事，但一連幾天老張都緊迫盯人，打分機一個一個催促，我只好找了照片上傳。

那張照片是高中畢業那天，我、溫昕還有徐靖陽的合照。

✉

這天，溫昕和小劉外出舉辦活動，只有我和行政部門的同事留在公司，處理後勤工作。下午，老張突然打了分機給我。

「一帆，來一下。」老張沒多說什麼就掛電話了。

我立刻趕到他的辦公室，一打開門，就看見有個人坐在裡面。

「學長？」我下意識開口。

傅延川聞聲回頭，莞爾一笑，「妳來了。」

老張告訴我，客戶年底有一個外包的案子，有意要發給我們製作，想先跟我們討論可行性。

老張偷偷靠近我，壓低聲音，「傅經理指名要妳跟他開會，下半年業績就靠妳了。」

走出會議室，行政部門的小麗湊近，饒富興味地問：「一帆，有情況？」

我連忙擺手，「沒有沒有沒有，他是我學長，沒有情況。」

「妳這麼緊張幹麼？我關心一下而已。聽老張說，他一進門就問妳在不在，真的沒有——」

「沒有，完全沒有，他不喜歡我。」我拚命搖頭。

「好吧。」她興味索然。

若是幾個月前，我可能眞的會往這方向不切實際地妄想，說不定哪天他會喜歡我。可現在我很明白，「哪天」並不會到來，只是暗戀者安慰自己的說辭罷了。

爲了接待傅延川這個大客戶，老張特別准許我到附近咖啡廳聊案子，開銷算他的。咖啡廳裡人不少，我刻意挑了靠窗的角落，希望能隔絕嘈雜聲。

「今天另一位專案負責人不在，只有我跟您討論。」我朝他笑了笑。

「沒關係，我本來就是來找妳的。」

「貴公司下半年有什麼需求嗎？」我問他。

「下半年會推出一個新系列，預計十二月初會上市，在那之前，想先跟你們討論。」他說。

我認眞地聽著，拿出筆記本記下，一邊思考可以做什麼樣的宣傳規畫，「那這個系列有規畫要主打什麼特色嗎？」

「有，但是在這之前，我有件事想問妳。」他說：「妳和那個男生在一起了嗎？」他看著我的眼神很認眞。

「啊？你說徐靖陽？」

他點頭。

「沒、沒有。爲什麼……會問這個？」

「想知道我還有沒有機會。」他的笑容裡有些許無奈。

他說，他還有沒有機會。

他喜歡我。

玻璃窗外的行人來來去去，急得像一刻都不能等，不巧遇上紅燈，人流停滯。

日光透進咖啡廳內，傅延川的五官在煦光下柔和繾綣。

氣氛正好，只有我和他，與高中那年初遇傅延川時一樣。

明明都一樣，卻沒有那時的悸動了。既不緊張，也不激動，連被他拒絕時，心中那一點點想要偷偷喜歡他的僥倖都不剩了。

我的青春，如同在一片迷霧繚繞的森林裡行走，我在裡頭困了很久，終於在多年後的現在走出來。那座森林叫傅延川。

紅燈終於結束，行人匆匆往目的地前進，雖然形色倉促，腳步仍堅定果斷，不知道他是不是也穿過了自己的那片森林？

「妳一定覺得很荒謬，但是──」

「學長，我覺得現在這樣也很好。」

把過去的遺憾放在青春裡，讓它在最美好的時光裡永遠閃耀。

最後，我沒答應傅延川，仍將他當作朋友。好在他很明理，沒有因此拒絕後續的合作。

一星期後，徐靖陽就調回臺北總公司。

見到徐靖陽回來，公司裡的每個人都很興奮，除了我。

他走進辦公室，所經之處的同事都開心地和他打招呼，最開心的應該就屬溫昕了，這段時間，她作為專案主力忙得不可開交，徐靖陽終於回來了，她趕緊交辦手上的工作。

「老徐，你跟一帆下週去拜訪這個委託者。要問細節，像是喜歡對象、告白方式……越詳細越好。隔天把資料整理給我，懂？」溫昕俐落地交代。

徐靖陽點頭，看著溫昕遠走的背影，「知道了。」

剩下我們兩個人，氣氛有些尷尬。自從他進辦公室後，我連一句話都還沒跟他說。

他定定凝視我，嘴一張一闔，似乎有什麼想說的話。

我率先開口：「工作啦，看什麼！」

我不敢回頭，轉身就走，擔心再待下去，我們之間的氣氛會變得更奇怪。

儘管如此，徐靖陽的轉變還是被其他人察覺。

午休時段，我和溫昕在休息區吃午餐。

「妳有沒有覺得老徐最近怪怪的？」溫昕吃到一半突然問我。

這話讓我繃緊了神經，她不會是發現什麼了吧？

「有嗎？」我裝蒜。

「沒有嗎？他最近不怎麼說話，也不太吐槽。是不是遇到什麼事了？」她眉頭緊蹙。

「有可能……」我咬著飲料的吸管敷衍。

「不是，妳關心一下朋友好不好？傳神的事情就那麼要緊，妳認識十年的朋友反而不聞不問。」

「我哪有？」

「哪沒有，妳一點都不緊張。」

「拜託，他長得帥又聰明，人生順風順水，哪會有什麼困難。」我不服氣地說。

「妳們在聊什麼？」聲音從左側傳來，徐靖陽悠閒地走進休息區。

靠，偏偏這種時候出現。

徐靖陽不偏不倚坐在我的正對面，饒富興味地看著我。我敢賭一份麥香雞，他一定聽到了。

「你最近是不是有什麼事情？」溫昕問他。

「嗯，有啊。」他從我碗裡夾走半顆滷蛋，含糊地應著。

「怎麼了？」我和溫昕都緊張地看著他。

他瞥了眼，嚥下食物，「感情不順。」視線還不忘停在我臉上。

好，你很好，這麼尷尬的事硬要提，自己不好也不想讓其他人活了是吧？

「什麼？」溫昕不明白繼續追問。

我捏緊筷子，用眼神警告他閉嘴。

此時此刻，我很確定徐靖陽有保持初心，依然是那個機車的老狐狸。

他輕描淡寫，「最近在追一個人，沒結果。」

「誰啊？我們認識嗎？」溫昕很好奇。

「不認識。」他斂起笑，目光聚焦在我臉上，「一帆，週末有空嗎？」

「啊？」

「有個專案的活動，跟我去盯場。」

「喔。」我點頭。

他說完便離開了，留下我和溫昕。

「妳知道那個人是誰嗎？」溫昕問。

我看著徐靖陽遠去的背影應付似地道：「不知道，哪個不知好歹的人吧。」

溫昕附和：「也是，我們老徐條件這麼好。」

✉

週末，位於市中心的廣場上搭建了舞臺，徐靖陽忙著確認設備和表演名單。

這個活動是公益性質的表演，因爲邀請的來賓頗有知名度，不少民眾慕名而來。大片綠色草皮上聚集了人，親密的情侶、來遛狗的居民、帶著孩子出遊的父母，也不乏有單純來看表演的樂迷。

炙熱的陽光燦爛過頭，白光毫不客氣地照徐靖陽身上，他正緊蹙著眉指派工作。

今天他穿了一件寬鬆的白色T恤，下身是件淺色牛仔褲，站在明媚的陽光下，更顯他出眾的外表，走來的路上已經有好幾個女孩偷偷看他。

確實好看。

鄰近活動開始，我和小劉幫忙引導人流。人潮逐漸增加，往前往後都有不少民眾，走道越發擁擠，人與人之間的碰撞也形成一股阻力。

忽然有個高壯的男生經過，擦肩而過時與我碰撞了下，力道不小，我被撞到向後退了幾步，原以爲會摔倒，身後的人卻一把接住，我落入一個殷實的懷抱。

回頭一看，是徐靖陽。

徐靖陽幾乎是瞬間就反應過來，輕柔地扶著我的肩膀。

我對上他的雙眼，眼神既澄澈又專注，但下一秒，他抬起頭怒瞪撞到我的那個男生。

「抱歉！」看見徐靖陽嚴肅的表情後，那人連聲道歉。

「小心點，很危險。」徐靖陽冷聲警告他，將我帶出會場。

他緊扣著我的手腕，把我帶進懷裡，貼著他右側胸膛。

看他一路上繃著臉，我連大氣都不敢喘一口，儘管他什麼都沒說，我還是能感受到他壓抑的情緒。

「我沒事……」我瑟縮道。

他沒有說話，逕自往前走到後臺。

「徐靖陽……」我又喚了他。

他緩下腳步，緊繃的肌肉放鬆，「抱歉，本來想讓自己跟平常一樣，但還是失控了。」

從認識徐靖陽開始，他總是對所有事情都不屑一顧，從未如此暴戾與人發生爭執，大多是嘲諷幾句或嗤之以鼻，沒有一次像現在這樣。

那個牽動他情緒的關鍵，是我。

這一刻，我明白了，我們早就回不到過去那樣純粹的朋友關係。所有摯友間的單純關心，都是自欺欺人罷了。

時至下午五點，音樂活動進行到壓軸，我和徐靖陽站在舞臺左側，能看見臺上樂團的表演，而臺下觀眾熱情地跟著樂團唱歌，現場氣氛很好。

我和他誰都沒有開口說話。

今天的天氣很好，已經過了最炎熱的時段，涼風陣陣徐來，令人放鬆無比，是最美好的時刻。

吉他聲響起，歌手的嗓音溫柔，讓人暫時忘記煩惱，放下戒心。

「徐靖陽。」

「嗯？」

「我問你一件事。」

「嗯，說吧。」

「如果我拒絕你，我們不僅沒辦法在一起，連朋友也當不成，那不是很慘嗎？」

這是我暗戀傅延川時最大的顧忌，我想知道他爲什麼毫不顧慮。

他看向遙遠的舞臺，沉默許久終於出聲，「選擇當最好的朋友，就沒有辦法讓關係更進一步，但選擇告白，也許會連朋友都當不成。」

他接著說，「人生是兩難，注定只能選擇一種。」

無論告白與否，都有所顧忌。害怕告白被拒絕，從此失去喜歡對方的機會，而即使不告白，依然得失去他。怎麼選都錯。

他話鋒一轉，「但你永遠不知道，你沒有選的那一條路會是什麼結果。」

「什麼意思？」我抬頭直視他。

他微微低頭注視我，目光繾綣，「選擇繼續當妳的朋友，我就不能告訴妳『我喜歡妳』，我會一直後悔，想著要是跟妳告白就好了。可是，我並不知道選擇告白之後，是不是一定是好結果。也許我沒有選的那一條路沒有想像中好，有可能我告白了，但妳拒絕了，我們因此大吵一架，老死不相往來。也有可能，妳其實喜歡我，答應和我在一起。」

他的唇畔微微勾起，自信得毫不避諱。

「誰喜歡你啊？」我躲開他越發炙熱的眼神。

「我也只是假設，畢竟它沒有發生。」他語氣無辜。

「我們永遠會為了沒做的選擇後悔，但是那些錯過的選擇不會發生，所以永遠沒辦法檢視，那個選擇是不是有更好的結果。」他的聲音從身後傳來，一點點流進耳裡。

「所以啊……」他拉了長音，帶點懸念，「沒有什麼需要顧忌的。」

他忽地挪到我面前，雙眸堅定地與我對視，「不論哪一刻，早一點或晚一點，只要妳喜歡上我就好了，不是嗎？」

在遙遠的樂聲，以及耳邊隱約可聞的風聲之下，心口砰砰地跳動聲越發放肆，擾亂所有思緒。

我開始有些分不清楚，眼前的男人與多年前冷淡孤傲的轉學生是不是同一個人，時間悄悄把他打磨成沉穩溫柔的男人。

舞臺的輕快音樂響起，前排的觀眾跟著站起身打節拍，歌手的歌聲來的很是時候。

我肯定在幾百年前就說過愛你
只是你忘了
我也沒記起

這首歌我有印象，徐靖陽加班時哼過，我和溫昕還很意外，他居然也有會唱的歌。

再次細聽這首歌，我才發現他哼唱的不只是一首歌，是他欲言又止的喜歡。

其實，他早就說過喜歡了，在那些我沒發現的細節裡。

觀眾席傳來騷動，許多觀眾跟著臺上的表演著一起舞動，徐靖陽拉起我。

「坐著幹麼？走啊。」

我看著他，沒懂他的意思。

他牽著我混進熱鬧的人群中，歡騰的情緒像流感，感染每一個人。

徐靖陽回頭看我，面上是少有的鮮活，他背對著身後一片金燦的陽光，恍然間有點像在校園與我打鬧的他。

其實，他依然是他，無論是十年前深藏一切的他，還是十年後開誠布公的他。

他眼中雀躍的光芒流瀉，指著舞臺，要我看臺上的表演。

走過　路過　沒遇過
回頭　轉頭　還是錯
你我不曾感受過
相撞在街口　相撞在街口

告五人〈愛人錯過〉

他牽著我的手，一起跟著人潮跳動，這一刻，時間彷彿倒轉回十年前，複寫不存在於我們年少時期裡的悸動。

倘若十年前他就告白，也許我們也會像現在這樣，在燦爛的太陽下盡情歡舞。

樂曲結束，臺下群眾逐漸緩和，我和他牽著的手，也不知什麼時候悄悄放開了。

後來又有幾組樂團上臺表演，演出很精采，讓人沒有注意到悄悄落下的太陽。

紅霞漫天，晚風輕拂，身旁的徐靖陽在夕暉中隱隱含光，既熟悉又陌生。

現場氣氛隨著表演到尾聲而平息，可我的心卻越發鼓譟。

✉

隔週，我和徐靖陽依照溫昕的吩咐，與告白活動的最後一位委託者見面。對方是位氣質清雅的女士，姓吳，年近五十卻不顯老態。

吳女士和我們說明她要告白的對象。對方和她是高中同學，他們失聯了十幾年，因緣際會再次相遇。可能因爲人生經歷類似，都曾離過婚，所以兩人很聊得來。吳女士學生時期就喜歡對方，無奈畢業後各奔東西，才希望能透過這個告白活動傳達心意。

「請問您有這位大叔的資料嗎？」我問她。

她點頭，「他叫蔣明遠，我整理了一些關於他的喜好，他……」

「請問，您是什麼時候聯絡上他的？」徐靖陽冷不防出聲。

吳女士遲疑地回答：「是五年前，他從外地回到家鄉。他說在外打拚沒有結果，決定回來開始新生活。」

「他只說了這些嗎？」徐靖陽態度怪異，一連問了很多我不明白的問題。

吳女士茫然地點頭，顯然也不清楚他想問什麼。

「謝謝您。」

訪談結束，回公司的路上，徐靖陽不發一語，整個人籠罩著一股低氣壓，就像初次見他時那樣。

整理完資料，已接近下班時間，原想找徐靖陽討論，他早已先離開辦公室了。

我將文書資料交給溫昕，她、小麗和莎莎緊盯著電腦螢幕。

「妳們在幹麼？」

「下半年運勢，妳看。」溫昕指著螢幕，星座專家正在排行榜上放上星座的牌子。

「完了，雙子座運勢好差，我是不是要去拜拜改個運啊？」莎莎沮喪地說。雙子座的運勢在排行榜的倒數。

「牡羊座還可以。」溫昕點頭。

我看著排行榜，不禁皺了眉，「處女座的戀愛和工作運居然都倒數……」

溫昕忽然轉頭，「看處女座幹麼？妳不是射手嗎？傅神是處女座？」

我一怔，搖搖頭，「老徐。」

溫昕恍然大悟，「難怪他這陣子悶悶不樂。」

我沒繼續摻和這個話題，而是在腦中反覆回想徐靖陽詭異的行爲舉止。

然而，他的不對勁持續著，他經常在籌備活動的會議上閃神，人也變得無精打采。

直到活動前兩周，我才終於知道原因。

週六午後，我在車站附近的咖啡廳，趕星期一要交的專案週報。手指飛快地在鍵盤上敲擊，心無旁騖地撰寫一個多小時，才終於整理完。

此時，身後傳來熟悉的聲音，是徐靖陽。

「你放心，我沒有跟別人說我們之間的關係。」徐靖陽的語氣聽上去冷淡決絕。和他對話的是個男人，不年輕。男人停頓了很久，支支吾吾，「我知道你一定很恨我，如果你要錢，我可以給——」

「我不要錢。」

「你希望我怎麼做？」男人問。

「爲什麼不要我和我媽？」徐靖陽這句話像把刀，鋒利地劃過對方的喉嚨，湧出血液，沾染不堪的腥味。

對方好一陣子沒有說話，長嘆了氣，「那時候，我們都太年輕了，以爲生活很容易。靖陽，生活不是只有愛情就好，要錢、要工作、要吃飯，我能怎麼辦呢？我當時才二十出頭歲。」

「那我呢？」徐靖陽的聲音發顫，「你離開時我才八歲，我八歲就沒有爸爸了。我媽一個人養我，早上賣早餐，中午開麵攤，直到半夜才能休息，還得照顧我。那她幾歲？她跟你一樣，蔣先生。」

男人啞口無言。

「你回來以後，有沒有想過要來找我們？」

男人沒有說話，似是默認了。

徐靖陽輕輕地笑了，「我答應你，不會去跟吳女士說這些事，反正我爸早就死了。」

他忽地起身，離開咖啡廳。

我坐在座位愣了許久，原來那位蔣明遠先生，就是徐靖陽的爸爸。

我匆匆離開咖啡廳，找到徐靖陽時，已傍晚時分。

他坐在公園裡，入神地凝視遊樂設施。我順著他的視線看去，前方的溜滑梯有一個小男孩，他樂此不疲地爬上階梯，再溜下來。不遠處有個男人，是他的爸爸，喊著他的名字要他回家。

我小心翼翼坐在徐靖陽旁邊，他啟唇：「怎麼來了？」他的聲音毫無波瀾，像被抽去了靈魂。

一時之間想不到合理的原因，我支吾了半晌。

「妳看到了？」他很快便猜到了。

我點頭，「他——」

「我爸。」他一頓，「不對，他現在不是我爸了，是蔣明遠。」

這句話充滿失望與傷痛，讓我不知如何應對。

此時，溜滑梯上的小男孩驀地放聲大哭。

「哇——」他豆大的淚珠湧出眼眶，小臉漲紅，哭得上氣不接下氣。

「快點，你要不要走？不走我要自己回家了。」他爸爸冷聲告誡，他已經喊了好久。

「我還要玩……」小男孩不死心，固執地坐在溜滑梯上不肯下來。

他爸爸二話不說撇頭離開，小男孩見狀連哭都忘了，震驚地睜大雙眼，起身拔腿就跑，小短腿在後面追呀追。

「爸爸——爸爸——要回家，我要回家……」他一邊哭一邊追，小小的身軀跟不上大人的步伐。

我和徐靖陽緊盯著那對父子。

碰——

小男孩摔倒在地，還沒來得及哭，走在前方的男人立刻回頭，一個箭步衝向小男孩，扶起他，抱在懷裡檢查。

「怎麼了，有沒有受傷？爸爸看看。」男人很緊張，反覆檢查很多次，細心確認孩子有沒有受傷。

小男孩還在哭，比起跌倒的痛，他似是更害怕爸爸眞的不要他，嘴裡不斷喊著「要跟爸爸回家」。

看孩子身上沒有傷口，男人鬆了口氣，柔聲地安慰小男孩，一邊哄一邊抱著他徐步走回家。

回神時，我瞥見徐靖陽，他停留在他們身上的眼眶，凝上一圈紅。

「我八歲的時候，我爸就離開家了。那天我跟著他到火車站，在他身後拚命追，喊了好久他才停下。我有預感他不會回來了，所以死命抓著他的褲腳，說要問他功課，他說叫媽媽教，我說一定要爸爸教。他拉開我，告訴我他要去很遠的地方出差，很快就會回來。火車來了，他頭也不回地上車，我只能眼睜睜看著列車越開越遠。」

他吸了吸鼻，「小時候不懂，幾年後比較懂事了才知道，他就是不要我了。」

他展開酸澀的笑，眼淚滑落，臉上的笑擰成一團，哽咽著：「他就是不要我了。」

從認識徐靖陽以來，我沒有聽過他提起家人的事，現在才知道是如此不堪。

「那後來，你跟你媽媽怎麼辦？」

「我媽一個人做三份工，要賺我的學費、付房租，還要照顧家裡，身體一直很差。他回來後，連一次都沒有想來看我們。我去找他時，他求我不要把這些告訴別人，還說他可以賠償我。」

他放聲地笑，肩膀不停抖動，「他說賠償，怎麼賠？」

是啊，因爲父親的選擇，徐靖陽被犧牲掉的童年，要怎麼賠？

夕暉已盡，夜幕漫漫，高漲的情緒平復後，他靠在我的肩上睡著了。

修長的身軀微微蜷縮，淺淺的月光從雲層後透出，照在他安心的睡顏。

此刻我腦海中忽然浮現學生時期的種種過往。

從前我以爲他是因爲自傲，所以不和其他人交往過甚，現在細想，他大概是因爲自卑，而不敢與人交心。

翌日一早，徐靖陽跟在我身後走進辦公室。

「不是，妳可以叫我起來啊？」

我揉了揉肩膀，沒好氣地回：「你很重，而且半小時前還哭成那樣，但凡是個有良心的人，都不該趕你走。」

「那就奇怪了。」看他面色不解，我抬起腳踹他，被他躲開。

昨天晚上，徐靖陽靠在我肩上睡著，我不忍心叫醒他，就這麼撐到他醒來。他醒來後，我身上已經多了好幾個蚊子叮的包，到現在還在癢。

「嘖。」我抓了抓手臂，一點一點的紅包有些怵目。忽然間，一股薄荷味傳來，徐靖陽走來給我一瓶綠油精。

我接過綠油精，忽然想起，高中時也發生過類似的事情——

體育課後，他總是一邊嫌棄我，一邊遞給我衛生紙擦汗。

嘴上說著不借筆記，卻大剌剌地放在桌上，讓我和溫昕能趁他不在時偷看，溫昕還問我，徐靖陽會不會發現，我自信地告訴她不會。現在想想，徐靖陽根本是故意把筆記放在桌上的……

「喂，發什麼呆，開會了。」

一番話喚回我飄遠的思緒。

他站在窗邊，窗間隙光照得他身上的白襯衫發亮。他在等我。

我應了聲，三步併成兩步跟上他。

會議室裡，溫昕召開吳女士告白活動的行前會議。我頻頻望向徐靖陽，擔心提及蔣先生會讓他有芥蒂。

出乎我意料，他比平時更理智幹練，絲毫沒有因為個人因素影響專業。

告白活動辦在初秋的週末，天氣轉涼，路樹枝椏的末梢染上青黃，在陽光下像是鍍了一圈金邊。

我們一群人在一間餐廳裡待命。

依照吳女士的需求，我們事先安排好機動人員扮成餐廳的客人，所有人穿上吳女士高中母校的制服，幫他們重溫高中時同窗的回憶。

餐廳舞臺上的歌手演唱著當年最熱門的民歌，坐在臺下的蔣先生沉浸在回憶裡。

據吳女士提供的資料，蔣先生年輕時和朋友一起組樂團，吳女士因此對他傾心，只是沒有勇氣向風流倜儻的蔣先生告白。後來，蔣先生對徐靖陽的媽媽一見鍾情，高中一畢業就步入婚姻，吳女士的暗戀無疾而終。

現在，吳女士把握機會，告訴蔣先生她的心意。

歌曲尾聲，吳女士走到蔣先生面前，手中還攥著一張稿，有些怯生地表明心意。

蔣先生大受感動，滿是歷練的臉上出現怦然的驚喜。許是在外打滾了多年，再次感受到情感的溫暖，使他眼眶泛紅。

最後，工作人員會將準備好的花束獻給蔣先生，作爲祝福。

一直在角落不發一語的徐靖陽捧著花束，徐緩地朝著他們走去。我看見蔣先生的表情，笑意霎時凝結在臉上。

「恭喜兩位。」徐靖陽莞爾地說，並將花束交給蔣先生。他臉上漾著溫暖的笑意，沒有一點破綻。

蔣先生足足愣了一分鐘，直到吳女士察覺不對勁，「怎麼了？你們認識嗎？」

蔣先生頓時慌張地支吾，似乎擔心徐靖陽會說出來。

「不認識，我們不認識。」徐靖陽仍帶著笑，斬釘截鐵地回答。

他轉身離開餐廳，背影決絕俐落。

✉

吳女士的告白活動，是整個專案的最後一個活動，結束後，宣告了這個專案的了結，溫昕號召大家一起到KTV慶功。

包廂內所有人都像被放出來的野狗，在舞臺上和沙發上放肆地歌唱舞動，溫昕更是那個帶頭作亂的。

幾個本就活潑的活動部伙伴，被灌了酒後大聲高歌，坐在沙發上的人看得放聲狂笑。

小劉則是一如既往被女同事包圍著，有些慌亂地推拒。然而，仔細一看，他的眼神始終沒有離開舞臺上的溫昕。

看著眼前慌亂的景象，我嘆了口氣，瞅一眼身旁的徐靖陽，從進包廂開始，他就很正常，正常得詭異。

他開心地笑著，一連喝了好多酒，並跟著音樂歡呼，喊累了就坐在沙發上，半闔著眼注視著大家。

「你沒事吧？」我問他。

他笑著，瞇起了眼。

「難過的話，你可以哭出來。」我靠近他，壓低了聲音。

他笑得更歡樂，搖搖頭，「我很開心，很開心啊……」他靠在我的肩膀，呢喃著：

「從此以後就和他沒有關係了。」

「會沒事的。」我輕輕地道。

直到深夜，包廂的時間到了，一地凌亂的酒瓶，幾個東倒西歪地橫在沙發的人。不只那群興奮過頭的酒鬼，就連徐靖陽也沒什麼意識了，我和小劉處理這群醉倒的社畜。

「今天的金額一共是……」服務生將帳單給我，我準備掏錢，此時，徐靖陽忽地抓住我的手。

他含糊地念了幾句，我沒聽懂。

「什麼？」我湊上前。

「我……唔……付錢……」他迷迷糊糊地說。

「不用，我有錢啊。」我拉開他的手，他卻不願退讓。

他靠在我耳邊，灼熱的氣息全進了我耳裡，「不能……讓、讓一帆付錢……」他似乎連我都認不清了。

「爲什麼？」我失笑。

他閉著眼，似乎在思考，一會兒才回答：「這樣她會討厭我。」

我不明白這是什麼樣的心情，只覺眼眶發熱，心裡又酸又漲。

「她才不會討厭你。」我說。

他眉頭一皺，「眞的嗎？」

不知道出於什麼心情，我哄著他：「嗯，你又帥又聰明，她怎麼會討厭你？」

他搖搖頭，手伸進包包裡想翻找皮夾，但因爲太醉，整個人栽進包包裡。

我嘆了口氣，扶起他，在他的堅持下拿出他的皮夾，在他眼前掏出紙鈔。

「這樣，行了嗎？」我問他。

他終於點頭，笑得像隻笨狐狸。

直到凌晨，我和小劉才安置好所有人，回到住處休息。

那天之後，徐靖陽就恢復原本的樣子。

「喂，這什麼東西？這個企畫是妳一邊便祕一邊寫的嗎？太不順了吧？」他一臉嫌棄地看著我的企畫書。

更正，是比以前更機車了。

我默默在心裡狠啐，拿回企畫書。

「對了。」他叫住我，「我後天要下臺中，記得下週一前改好企畫書，不然會來不及，老張會剁了妳。」

「又要下去？」

「之前在臺中分部的案子，有個戶外發表會。」他淺淡道，話剛說完，他就被老張叫進辦公室。

他說的是相機品牌的行銷案。

那活動辦得不錯，有很多人參與，前陣子還聽到客戶的稱讚。

大概是因爲風光太過，有些眼紅的同事在背後八卦，說徐靖陽是靠著品牌本身的熱度做成這個案子，而非自己的本事，畢竟客戶爲活動提供了高級的獎品。但我覺得，除了獎品誘因，保留生命中珍貴的回憶，才是眞正吸引人的原因。
我瀏覽著網站上一張張照片，每一張背後都是某個人生命的剪影。
螢幕上，一張熟悉的照片映入眼簾。
校園，青翠的六月，蟬聲綿延，溼潤的風沁入皮膚。校門口蓊鬱的樹林前，身穿制服的女孩對著鏡頭調皮地笑，她身後，是個男孩的背影——

「一帆妳看，這是我爸借我的相機。」
畢業典禮，溫昕拿著單眼相機一臉竊喜。
我雙眼一亮，「走，我們去校門口拍。」
回過頭，我朝徐靖陽喊：「喂，老徐拍照——」
隔著幾步距離的徐靖陽，專注看著校門口的樹，看得入神，全然沒察覺我在叫他。
不就是樹嗎，有什麼好看的？
看他毫無反應，我招了招手，示意溫昕過來。趁他還沒回頭，我們在他背後偷偷拍了張照片。

照片上的我對著鏡頭一臉欣喜，身後的白衣少年凝視著樹林。那是六月的畢業季，我們最後一次一起穿著制服。
這張照片一直存在溫昕的相機裡，我都忘記了，沒想到會出現在這個網站。
我點開資訊欄，上傳的人是徐靖陽。

第十章

週末，我抵達臺中時已是傍晚，品牌活動已經結束，同事們正在收拾。尋了好幾圈，我都沒見到徐靖陽，聽同事說，他在附近的森林公園，那裡有舉辦音樂活動，他去偷閒。

夕暉布滿偌大的森林公園，暖黃的光線照耀翠綠的草地。中央的舞臺很大，周圍聚集了很多人，風輕輕吹來，有股青草氣。

現場人太多了，我找不到他。

我拿出手機撥了電話，幾通嘟聲後，他接起，「喂？」

「你在哪裡呀？」

「妳來了？」

我應了聲，他那一頭傳來些許雜音，沒多久他答：「往十點鐘方向看。」

我順著他的話，視線胡亂搜索後，停在一個頎長的身影。

他遠遠地站著，拿著手機向我招手。

我沒掛掉電話，逕直朝他的方向而去，穿越等待表演的人潮。

許多聲音湧入耳畔，三五成群的學生討論喜歡的偶像、幾個媽媽在話家常、小狗朝氣活力的叫聲，還有臺上樂團的演唱。

於是你不停散落　我不停拾獲
我們在遙遠的路上　白天黑夜爲彼此是艷火
如果你在前方回頭　而我亦回頭
我們就錯過

此時此刻，過去徐靖陽說過的話一一浮現。

「這麼認眞地喜歡一個人也挺好的。」
「不是我，紅榜上那位送的。」
「我陪妳們一起念書吧，有什麼不會的地方，我也許能幫上忙。」
「妳當我是開玩笑的吧。」
「就像以前那樣相處就好。」
「我等很久了，一帆。」
「不論哪一刻，早一點或晚一點，只要妳喜歡上我就好了，不是嗎？」

暗戀的人，其實早就偷偷把喜歡全都告訴對方了，藏在每一句辭不達意裡。
眼前的徐靖陽還舉著手機，目光柔和地俯視我。

今天的他正巧穿了件白襯衫，看起來清朗自然。

「怎麼來了？」他問。

「我有事找你。」

「嗯？」

我拿出手機，螢幕上是他上傳到網站的那張照片。

「妳看到了。」

我點頭，「你怎麼發現的？」

「拍的當下就知道了。」

聞言，我一愣，他笑著說：「妳們眞的以爲一點動靜都沒有？」

我怔怔點頭。

「我聽到妳們說話的聲音，猜到妳們可能又在搞事。後來發現溫昕相機裡的照片，就存下來了。」他莞爾。

原來很多事他都知道。

「老徐，幫我一個忙。」我說。

「嗯？」

我環視四周找到成排的綠樹，讓他背對我。

我架起手機，模仿當時的角度與動作。

快門按下，一如十年前的畫面。

我忽然想起徐靖陽在那張照片旁寫的內容。

「我喜歡的人不知道我喜歡他。對了，我是背對著的那一個。」

那張照片乍看之下像是我暗戀他，所以趁他不注意偷偷合照。實際上，暗戀不敢開口的人是他。

「好了沒？」他背對著問。

「喂。」

「幹麼？」他還是沒有回頭。

「你幫我爭取畢業典禮的獻花機會時在想什麼？」

不知道爲什麼，腦海中不斷湧現高中時青澀的他。其實現在仔細想想，他也不是眞的那麼刻薄，至少對我不是。

「我在想……當一個人的月老，眞的好難。」他的語氣中有些無奈。

要是能勇敢告白，誰想要暗戀？

「你上次說，不管早一點還是晚一點，只要喜歡上你就好，對不對？」

「嗯。」

「那現在喜歡你還來得及嗎？」

我們的位置依稀聽得見樂曲聲。

我等你在前方回頭　而我不回頭　你要不要我

你要不要我

張懸〈艷火〉

徐靖陽聞言忽然轉身，一瞬不瞬地凝視我。
他久久沒有回話，讓我有些擔心，「哈囉？」
他紅著眼，眼眸氤氳，愣了足足有半分鐘。
「妳再說一次？」他尾音上揚，像是不敢置信。
我有些緊張地盯著他胸前，沒有回答。
「一帆。」他嗓音半啞。
「喜歡你，我也喜歡你。」我終於抬起頭直視他，表情似喜又銜著盈盈淚水。
他擁抱我，他的胸膛因輕笑而起伏著，清脆開朗的笑聲傳來，像個情竇初開的少年。
他收緊手臂讓我更貼近他，在胸膛之下，隱隱能聽見他的心跳聲砰砰地響。
從他左胸前傳來陣陣溫暖，我才知道，原來那麼冷淡的外表之下，有如此溫暖的心。
「我好開心，一帆。」他帶著氣音，像是在感嘆。
他笑容燦爛，滿足地瞇起雙眼，眸中泛著淚光，眼尾的紅更顯他明豔動人的桃花眼。
「笨狐狸。」我悶聲罵了句，埋進他懷裡，緊緊抱住他。
終於，散在歲月裡的隻字片語一一拼湊起，變成一句樸實誠懇的「我喜歡你」。
捎來的風帶著冰涼的溼意，天空飄起了雨，從幾滴零散的雨點，逐漸轉為豆大的雨珠，回過神來，已經變成滂沱大雨。

老天，我談個戀愛有需要這樣嗎？

廣場上的人紛紛找地方躲雨，徐靖陽撐著傘，拉著我回他在臺中的住處。

「哎，跟……朋友回來啦！」這次那位熱情的警衛大叔倒是收斂不少。

徐靖陽刻意放慢了腳步，笑著跟他說：「女朋友！」說完，他搭著我的肩回到公寓。

警衛大叔宏亮的聲音在後面響起，「這就對了，幹得好！」

雖是夏天，但晚上依舊有些涼，風吹在身上令人發寒。回到租屋處後，他催促我去洗澡，並換下身上的衣服。

他家沒有多餘的衣服，洗完澡後，我只能穿著他的T恤坐在客廳。

他走進浴室前，在我的臉頰印上一吻，直到這一刻，我還沒有一點眞實感。

我眞的和徐靖陽在一起了。

震撼來得後知後覺，我漲紅了臉，焦慮地縮在沙發上，頭靠一側扶手。

視線正前方的電視櫃上擺著一張照片──我、徐靖陽和溫昕畢業時的合照。

我們三人開心地拿著花束對著鏡頭笑，照片中的他難得有著笑容。

畢業那天，聽說他媽媽特地早起爲他熨燙襯衫，他身上的白襯衫潔淨平整，畢業胸花紅豔豔地點綴其上。那朵花還是他要脅著我幫他別的，我一邊別一邊笑著襯衫上大小不一的兩顆鈕釦。

那日，光線透過綠蔭，斑駁地照在他肩上，那張總是沒有笑容的臉上，終於多了快樂的表情。

當時怎麼就沒發現他那麼好看呢？

喀——浴室的門打開了。

靠，他出來了，我還沒想好跟他說什麼，男女朋友這時候都聊什麼？

我該叫他什麼？親愛的？寶貝？

浴室的燈一暗，在他走到客廳之前，我低頭埋進膝間，蜷縮在沙發上。

算了，大不了躲起來，我就孬不行嗎？

緩慢拖沓的腳步聲傳來，一步一步朝我逼近。

溫暖的大手還有點溼氣，覆在我的後腦勺，他輕哂出聲，「走光了。」

「真的假的？」我猛然抬頭。

一瞬間，映入視線的是他近在咫尺的臉。他蹲在我面前，雙眼含笑，唇畔上揚，頭髮還滴著水，狡詐的表情一如過往。

「假的。」他捏著我的下巴，指腹還帶著溫熱。

「躲我啊？」他瞇起眼，更像狐狸了。

「哪有。」我回得很快。

「喔？」他尾音上揚，表示懷疑。

「我只是有點緊張。」

「緊張？」

「我第一次當人家女朋友，不能緊張？」

他勾唇，倏然逼近，每吐一次氣，我都能感受到炙熱的氣息。他微張的雙唇離我的，只有不到幾公分的距離，手指細細摩娑，像是在思考要不要對獵物下口。

他身上乾淨的香氣帶著暖意，將我包圍，就像我是他的一部分。

燈光被他的身軀遮了大半，溼熱的唇瓣一點一點吮吻，他修長的手指握著我的下巴，輕輕摩娑，層層麻癢蔓延至腦門，儘管隔層衣服，都能感覺到彼此體溫漸漸上升。

回過神時，我已在他懷裡，他緊緊地環抱我。

這發展不太妙，我抵著他的前胸，「在一起第一天就發生關係，進展是不是有點太快了？」

他一手伸進我腰側衣內，炙熱的掌心像是一刻都不能等待。撫過之處絲絲酥麻，他咬著上衣的領口含糊地道：「這個評價有失公允，應該把認識的十年算進去。」說完便帶著我到臥室。

我們後來似乎還聊了什麼，可後半夜的對話我記不清楚了。

直到高中前，我都以爲狐狸是草食性的。

自認識徐靖陽以來，我也一直認爲他是性冷淡的清秀帥哥，至少在昨晚之前都是。

但從床上醒來的那瞬間，我便明白，我眞是大錯特錯，狐狸不是草食性動物，徐靖陽也非性冷淡，望周知。

「嘶——」全身的痠痛隨著我的動作此起彼落，才剛伸展四肢，身旁的人便有動靜。

那傢伙的手環在我的腰際，胸膛貼著我的背，四肢與我交纏。

我瞅著他，行，還沒醒呢！

和昨晚強勢又磨人的架勢不同，現下的他安分又乖巧，即便如此，在沉睡中的他，懷抱卻一點也沒有鬆懈。

趁著他還沒醒，我輕輕撫觸他的輪廓。從前只知道徐靖陽好看，卻沒注意過這人好看得妖媚繾綣。

眉眼細緻、膚白唇紅，面上的五官錯落有致，沒什麼瑕疵，令人羨慕。

「通常，這種時候都會親一下。」他閉著眼說，聲音飽含笑意，沙啞得恰到好處，真要命。

「你是哪來的小公主啊？」我笑他。一開口，嘶啞的嗓音便暴露了昨夜的放縱。

「是睡美人。」他將我摟進懷裡，輕輕地吻在側臉。他這一動作，讓蓋著的被子落下，身上星羅棋布的痕跡，紅得曖昧又囂張。

「你屬狗的是不是？」我沒忍住啐他。

「狐狸是犬科。」

我無話可說。行，你贏了。

我推開他，翻身下床到浴室洗漱。

打開蓮蓬頭，溫熱的水流傾瀉，包裹著身體的每一寸，像昨晚綿延無盡的歡愉。種種荒唐景象又翻湧而來——那傢伙不知疲倦地馳騁，紅著眼的攻城掠地，討饒和掙扎都沒有用，固執地要聽到滿意的話，折騰了一整夜。

偏偏還用溫柔的嗓音一遍又一遍地誘惑，讓人心甘情願上當。旖旎的春光幾乎要將人淹沒。

精疲力竭之際，我恍惚地聽見他低不可聞的呢喃。

「我會被寵壞的。」

✉

儘管沉浸在戀愛的情緒，工作仍沒有放過我。老張依舊緊迫盯人，待辦事項一樣一樣增加，和徐靖陽回來臺北的第三天，我就因爲專案加班，晚上九點才處理完工作。

樓梯間的落地窗外已是一片城市夜景，點點霓虹布在街道巷弄，很熟悉。

身後傳來腳步聲，還沒回頭，溫熱踏實的懷抱已從後將我包裏。

「在想什麼？」是徐靖陽。

夜裡的空氣有點涼，身上卻很暖，不知道是源自於他的體溫，還是我的緊張。心跳不自覺加快，儘管我明知道我們已是戀人。

窗面上倒影映著我和他，他微微低下頭貼著我的側臉，頸窩陣陣熱氣，他的呼吸像貓尾一樣，有一下沒一下地輕搔。

「想你。」我說。

他鼻息輕顫，無聲地笑，收緊了懷抱。

倒影中的他抬起頭看著我，目光灼灼，在窗外的燈光輝映下生動斑爛。

他的外表明明和高中時沒什麼差別，又很不一樣。

那時的他像一張好看的肖像畫，被人用心勾勒，然而他不哭也不笑，沒有什麼情緒。現在的他有血有肉，鮮活地擁抱著我。

「我問你，你當初為什麼要去臺中？」我問他。

他當時說不只是為了分公司，我本以為是為了蕭芸文，結果他和我告白了。

他抬頭思考了會，「親我一下就告訴妳。」那雙眼又瞇了起來。

「稀罕啊，不說就不說。」我作勢要掙脫，他緊箍著手臂，無奈地笑，「這種時候，女朋友應該要順勢親上去，妳怎麼那麼沒有耐——」

我親在他未闔上的嘴，比他更奸詐。

他的驚訝轉瞬即逝，很快便反客為主。

樓梯間燈光昏暗，他將我圈進胸前，濡溼熱烈的吻彷彿被點燃的火苗，隨著喘息越燒越烈。

他抵住我的額頭，笑眼瞇起，「妳學壞了。」

「沒辦法，有人帶壞我。」

他笑著，半啞著聲告訴我，「因為傅延川突然出現了，而且，妳這一次好像真的會跟他告白。」

確實，他去臺中是在我和傅延川重逢之後。但他去或不去跟我告不告白有什麼關係？

「這……有什麼關係？」

「如果妳真的跟他在一起，那我要先適應沒有妳的生活。總不能一直欺騙自己，總有一天妳會喜歡我，而且我也不想看到你們在一起的樣子。」

最後幾個字有點賭氣的意味。

「這麼委屈？」不知道為什麼，我彎起嘴角。

他蹭了蹭，像在撒嬌，「可憐吧，安慰我。」

我笑了，唇在他的側臉印了幾下。

他看了眼時間，捧著我的臉問：「妳要帶妳男朋友回家了嗎？」他揚了揚手錶，已經九點半了。

「這不是男朋友在做的事嗎？」我仰頭問他。

「沒看過小王子嗎？狐狸是要養的，先建立馴養關係。」他挑起眉。

「你不是妲己那一分支的嗎？禍國殃民。」

他無奈搖頭，「算了，妳還是先去種玫瑰吧，送我一枝，我照顧妳。不能指望妳。」

他說著，一邊牽著我離開。

離開公司時，末班公車已經走了，我和他搭計程車一起回去。

一連加班好幾日，我靠著他的肩，疲倦地閉上眼。車速很平穩，引擎規律的聲音讓人越發易眠。

接著，我聽見窗簾拉起的聲音，是徐靖陽小心翼翼地拉上窗簾。

「是前面這——」前方的司機大哥似乎想跟他確認方向。

「噓。」他輕輕出聲，並放低音量用氣音回：「前面右轉。」

雖閉著眼，腦中也完全能想像他小心謹慎的模樣。

路程雖偶有顛簸，身旁的人卻讓我安心不已。

我以為，愛情會在我努力追趕上誰的腳步後發生，未料是在我終於停下腳步時發現。

✉

臨近年底的某天，手上的專案終於結束，但是結案工作也沒有比較輕鬆。

壓在時限內，我和溫昕將活動的資料整理成冊，忙活了一整天，才將結案報告書送到客戶那邊。離開前，Maggie和傅延川還客氣地跟我們閒聊。

原想早點回家休息，溫昕卻死活不肯，拉著我到餐廳吃飯，說什麼要慶祝完成大案子。就連平時溫和乖巧的小劉都跟著勸我。你小子為了追女人連基本原則都沒有的嗎？

我別無他法，被他們拖去一間餐廳。不得不說，溫昕實在很貼心，這家餐廳是前陣子我嚷嚷著想光顧的店。

店員帶著我們到包廂，一打開門，我就看見一群熟悉的傢伙。

「生日快樂！」

不僅是幾個熟悉的同事，就連小八和倩倩都在，他們臉上帶著笑容。我看了看周遭，他們大概是早就在這等了。

「怎麼回事？」我問溫昕。

「妳日子過到忘了？今天是妳生日，二十五歲生日。」她說。

我恍然，怪不得她堅持要帶我來吃飯，原來是為了幫我慶生。

「妳連小八都找來了？」我驚訝。

「不是我找的，是他。」她揚起下巴示意。

我順著看去，從門口走進來的，是拿著蛋糕的徐靖陽。他眼眸瞇起，帶著笑，「不然妳以為是誰？」

我啞然，心裡的喜悅一點點暈開，氾濫得一場糊塗。

驀地，溫昕打了我的背，語帶嫌棄，「好了好了，你們眼神收斂點，噁不噁心？」

「妳知道了？」

「還能不知道？你們兩個整天黏在一起，他就巴不得長在妳身上。」她鄙視地說，眼裡的笑意卻藏不住。

溫昕催促著大家開動，歡笑聲在餐桌上不絕於耳。

阿梅姐分享著最近公司發生的有趣烏龍，小劉煩惱著該不該繼續留在廣告業，溫昕立志要再拿下一個大案子，小八和倩倩打算著婚宴舉辦的時間點。

這頓飯吃得很開心，我的朋友、師長、情人，那些以為會在歲月裡漸行漸遠的人，此刻相聚在一起為我慶祝。

許是太開心了，當我回過神時已經喝得太多，在眾人的道別聲中，我被徐靖陽架上車帶回去。

迷茫之間，我已經回到家了。

踉踉蹌蹌地到浴室洗澡，洗完後，徐靖陽拿著吹風機幫我把頭髮吹乾。

我靠在他懷裡，聽著吹風機的嗡嗡聲。

沒多久，他關掉吹風機，溫聲道：「好了，妳要睡了嗎？」

我搖頭，死賴著他。

他回抱著我，輕聲吟道：「生日快樂。」他的氣息輕顫，補了句，「我好像還沒送禮物給妳？」

我遲緩地點頭，聽見他放低聲音問：「想要什麼？」

我仰起頭，注視他如星的雙眸，「我已經得到最好的了。」

他愣了一瞬，俯首親吻我，眼神深邃，繾綣無邊。

「禮物本人很開心，決定再送妳一個。」他低醇的嗓音使人淪陷，懷抱纏綿又溫暖，讓人不想離開。

我靠在他懷中思忖片刻，「我知道我想要什麼了！皮夾給我。」

他不明所以地看著我。

「快點。」我催他。

他茫然地拿出皮夾，我接過打開，從夾層內拿出一張紙條，「送我這個吧！」

他見我拿出那張紙條，神情溫柔，「妳怎麼知道的？」

「你喝醉的時候，要我從你皮夾拿錢，那時候我發現的。」

「原來是這樣。」他恍然明白。

「要不是我發現，你會瞞我多久？」我晃了晃手中的紙條。

那是高中辦月老活動時，最後那張沒有署名的紙條。

是徐靖陽的委託。

請告訴喬一帆，我喜歡她。

委託人：徐靖陽。

我看著那張紙條，上頭的字跡仍舊工整，但因時間久遠有些斑駁，那是徐靖陽十年前無人知曉的告白。

遲了整整十年，我才後知後覺地明白。

暗戀像是不曾被打開的情書，他的所有喜歡藏在了欲言又止裡。

「你這十年，都沒有想過告訴我嗎？」我問他。

「有，但不敢。」他思忖了會，繼續說：「過去的時間，我沒有勇氣告白，就算有機會也會放棄。」

「那後來呢？」

「後來，時機成熟了，所以告白。」

我瞅著他，不甚明白。

他輕撫我的頭，「每件事情都有它最好的時機，就像我告訴妳這件事，最好的時機就是現在。」

原來他如此謹慎地對待這份感情，十年來小心地將愛藏在戲謔的外表下，溫柔地維護這段關係。

我伸手擁抱他，回應著十年前早該揭露的愛戀。

遲來的幸福，在我滿二十五歲的這一天。看來二十五歲也沒那麼糟糕。

「妳要這張紙幹麼？」他問。

「接受委託。」我揚起下巴。

他無奈笑著，任我將紙條收走。

這個人花了十年讓我明白，月老能給的只是無形的紅線，只有真正跨出腳步追求，才能將它變成眞正的緣分。

致，暗戀者們：所有的緣分，都是留給願意勇往直前的人。只有付諸行動的人，才有機會得到幸福。

全文完

番外一
不開花的樹

文海三中在海城區頗具盛名，人文薈萃、升學率高，每年都有不少畢業生進入頂大就讀。按照地區學校命名的規則，文海三中理所當然僅次於一中和二中。

徐靖陽第一次知道這個學校，是從媽媽那聽見的。

徐孟芳獨自撫養孩子長大，自責沒能給兒子一個完整的家庭，因此在徐靖陽的教育上格外費心。在兒子小學時，爲了讓他進入好學校，還搬過兩次家，算得上是現代孟母。

上個月，她打聽到文海三中有缺額，鼓勵兒子參加轉學考，幸運的，徐靖陽擠進寥寥幾個名額，順利入學就讀。

「你到三中之後多交點朋友，有時間就去走走。」開學第一天，徐孟芳叮嚀著兒子。

「有時間我還不如去打工，不然哪來的錢付房租，這裡這麼貴。」徐靖陽喝了口粥。

海城區比他們之前居住的地方繁華，物價也更昂貴，對徐孟芳母子來說有些吃力。

「好不容易轉到這麼好的學校，你在學校裡好好念書、多認識同學，不要整天跑回家。」徐孟芳心疼地說。

徐靖陽下課後總是趕著回家幫忙擺攤做生意，幾乎沒有自己的時間。儘管長到這麼大，也沒有幾個知心的朋友。

「錢的事情你不要擔心，我會處理，你好好念書就好了。」徐孟芳無奈地勸導他。徐靖陽沒來得及再說什麼，就被媽媽趕去上課。

開學這天，校門口成排並列的綠樹隨風蕩漾，翠綠連綿長遠，時不時飄下幾片葉子。進入校門後，右手邊有個大看板，上頭列著三個年級的排名前五十名。

在紅榜前，有個女生站在那裡，很專心地注視著。

或許是很高興自己上了紅榜吧，徐靖陽沒多想，與她擦身而過。

再一次見到那個女生，是在班級裡。

「各位同學，我們這學期轉來了一位新同學，請大家掌聲歡迎他。」班導師黎老師戴著厚厚的眼鏡，聲音溫厚。

徐靖陽一上臺，全班的目光便聚集在他身上。

這樣的眼神他並不陌生，每次轉到新的學校，都會有人因為他的外型，想跟他當朋友。但是每一次都撐不過一個月，就受不了他的個性，不再搭理他。

「大家好，我叫徐靖陽，剛搬來沒多久，請多指教。」他的介紹很簡短，臺下的同學們竊竊私語。

「蠻帥的……」

「小聲一點啦。」

「所以他住附近嗎？」

黎老師咳了咳，「同學，你要不要再多介紹一些關於自己的事情？有沒有什麼興趣，還是喜歡的偶像？」

「沒有。」他面無表情地說。

班上頓時鴉雀無聲。

「好，謝謝你。那……你坐那裡吧。」黎老師指了一個位置，靠走廊那列的倒數第三排。

他點點頭，走到那個位子，他發現，早上看紅榜的女生就坐在他身後。

開學第一天，就有五、六個同學對他拋出橄欖枝，熱心地帶他認識校園和班上同學，甚至邀請他參加社團。

「你看，那一棟就是大禮堂，開學典禮和學校的大活動，都在那裡舉辦。」班長正為他介紹學校的建築。

「嘖。」

他和班長回頭，那是趴在窗臺邊的女孩發出的聲音。是之前那個女生。

「妳幹麼？」班長發問。

「你們……借個過可以嗎？」她擺了擺手，示意他們往左邊一點。

「什麼？」班長不明白，「我們站在這裡礙到妳了嗎？」

「不瞞您說，有一點。」

「哪一點？」

「有點煞風景。」她誠實回答。

班長無語，帶著徐靖陽往左走了幾步，嘴裡念著：「喬一帆就是這樣，她不是故意的，就是有點……莫名其妙。」

徐靖陽回頭瞥了她一眼。原來，她叫喬一帆。

✉

開學第一週，徐靖陽仍舊在放學後趕回家，幫忙擺攤做生意，徐孟芳趕不走，只好讓他留在攤子上。

「有認識新朋友嗎？」徐孟芳問。

徐靖陽低著頭洗碗，聲音散漫，「嗯。」

徐孟芳整理攤子上的廚具，視線被幾個穿著三中制服的學生吸引。

「走啦，看電影。」

「沒錢啦，電影很貴耶。」

「嘖，漫畫店？」

「走！」

幾個男孩打鬧的身影消失在街角，徐孟芳很羨慕，她多希望兒子也是那麼快樂。

「你放學沒跟朋友去玩嗎？」她問。

「他們不看電影。」

「那……沒有別的事嗎？」

「沒有。」

徐靖陽將碗盤擦乾淨，轉身去收拾桌子。

「老闆娘，陽春麵一碗。」身穿背心的吳大叔點了餐，挑了一桌坐下。

「哇，妳兒子很帥耶！」吳大叔盯著徐靖陽稱讚，「有沒有女朋友啊？」

徐靖陽沒有回答，走到另一桌擦拭桌面。

「很酷喔！」吳大叔說。

徐孟芳有些不好意思，「還好啦，他連朋友都沒幾個。」

「這個長相以後一定會有，現在好好念書就對了。」吳大叔豪邁地笑。

晚上八點，陸續有客人上門光顧，其中不乏三中的學生。

「老闆娘，一碗麻醬麵。」

「我要一份燙青菜。」

「一碗小碗炸醬麵，帶走。」

客人來來去去的腳步聲不絕於耳，有穿著名牌球鞋的，也有踩著高跟鞋的。徐靖陽低著頭洗碗，洗碗盆的水漫出來，浸溼了他的拖鞋。

他從很小的時候就知道，他和其他同學不一樣，要更努力才能過上和別人一樣的生活。因此他抓緊課間時分完成作業，放學後在麵攤幫忙，只有這樣，他才能穿上和其他人一樣的制服走在校園裡。

高中的課業不同於國中，尤其三中又是升學率高的學校，對徐靖陽來說，課業壓力超乎以往，兼顧學業和家裡生意的結果，是他不濟的精神狀況。

開學前兩週，徐靖陽一下課便趴在桌上休息，不理會任何人的邀約。同學們起初還會因爲他是初來乍到的轉學生而客氣，久了也漸漸對他反感。

「徐靖陽，你要一起參加活動嗎？」班長拿著報名表走到他座位旁。

「不要。」徐靖陽趴在桌上，連頭都沒抬，甕聲甕氣地回答。

「呃……這很好玩欸——」

「嘖。」他猛然起身，「我沒空，也沒興趣參加那種無聊的遊戲。」說完，他便走出教室。

「靠，什麼態度啊？」班長對著他的背影狠啐。

「仗著長得帥就囂張耶。」不只是班長，其他同學也聽到了，諷刺地評論。

「就叫你不要這麼熱心，熱臉貼冷屁股。來了這麼久，多少人幫他，也沒聽他講過一句『謝謝』。」

「眞以爲自己是少爺，踐的要死，媽的。」班長甩開手上的傳單，黑著臉走回座位。

徐靖陽躲過來來往往的學生，往沒人的地方走，最後來到頂樓的樓梯間。

樓梯間的窗戶開著，陽光正好，從窗口照射進地面。偶有陣風吹來，暖暖的青草氣混雜土壤的腥味。

他找了照不到光的地方靠牆坐下，疲倦地閉上眼。耳邊有些聲音，是從樓下傳來的。

「走啦，打球。」

「幹，下一節英文小考！」

「妳昨天有看節目嗎？來賓超帥的！」

「我知道我知道，他們還是開場。」

即便他閉著眼睛，都能想像是什麼情景——幾個人張口大笑、高聲打鬧，做幾個無傷大雅的惡作劇，在廊道追逐直到被教官逮到；朋友間討論偶像最近出了新專輯，一起高頻尖叫。

在這個年紀的學生間稀鬆平常的事，都沒有發生在他身上。

鐘響打斷了學生們的喧鬧，周遭的紛亂逐漸安靜，徐靖陽緩緩睜開眼，拖著步伐準備回教室。

他打著呵欠下樓梯，腳步剛落在樓梯最後一階，突然有個人從轉角處衝過來，速度很快，他差點和對方撞上。

「啊——」是個女孩子。

徐靖陽抓著扶手往右側了身。緊急煞車的作用力之大，女孩子身體向前撲時，一手扯著他的襯衫，險些跌倒。

白色的襯衫扯出幾道皺褶，釦子飛了兩顆，女孩子幾乎是貼在他身前，睜大眼睛驚恐地看著他。

徐靖陽定睛看她，此時才認出是班長說莫名其妙的女生。

看來不只莫名其妙，還是個冒失鬼

看他皺著眉睨自己，喬一帆才恍然，後退一步，連聲抱歉。

徐靖陽沒多說話，只是拍了拍身上的襯衫，有些嫌棄的意味。

喬一帆看著被自己扯壞的襯衫，愧疚得語不成句，「那個……呃……我剛剛……對不起……你、你的襯衫，我、我……賠——」

話還沒說完，徐靖陽轉身就走了。

喬一帆無語地看著他的背影，吶吶道：「好小氣的人，講個話又不花錢。」

經過一上午的課，終於來到午休時間，徐靖陽剛走出教室就被教官逮住。

「同學，怎麼回事？跟人打架了？」

教官一向很愛抓服儀不整的學生，不過通常只是念一念，只要表現出懺悔之情，他不會真的記違規。大多數的同學都知道，也都會這樣做，但不包含徐靖陽。

徐靖陽沒理他，轉身就要走，教官大聲喝斥：「你哪一班的？我抓你服儀不整，你還給我這個態度，我可以記你小過，知不知道！」

徐靖陽連頭都沒回，逕自走下樓。

回到教室後，徐靖陽就被人叫到導師辦公室，黎老師語重心長地開示他，告訴他在學校尊師重道的重要。

「我知道你家裡有困難，要幫忙家裡的生意，但是在學校裡的人際互動也很重要，要跟老師和同學保持良好的關係。」黎老師推了推眼鏡。

剛才教官氣沖沖地走進導師辦公室，抱怨起徐靖陽目中無人的態度，這陣子黎老師也對他乖戾的行為有所耳聞。

「和他們保持好的關係，我家會好過一點嗎？」徐靖陽的問話讓黎老師一時答不上。

「老實說，不會。」

說什麼。」

「靖陽，人不是要等到一切都安穩的時候，才能追求幸福。你很聰明，一定知道我在說什麼。」

「那我爲什麼——」

徐靖陽深思，點了點頭。

黎老師拿了一張紙給他，「悔過書寫完，我請教官撤掉小過。這件事其實沒這麼嚴重，不是一定要硬碰硬才能解決，換個方式也許會好一點。記得今天寫完就交給我，別帶回家，你媽媽看到會很擔心的。」

徐靖陽拿了悔過書回教室，這節課是自習，眾目睽睽之下，他進教室走到位子上。

「第一次看到教官因爲服儀不整記小過。」壓低的交談聲，在靜謐的教室裡很明顯。

「他要是沒那麼囂張，就不會這樣，活該。」

「噓——小聲一點，人家好學生沒被教官罵過，等一下哭出來怎麼辦？」

「哈哈哈哈哈哈！」

嘲笑的話語犀利諷刺，但徐靖陽只當作耳邊風，腦中都是剛才黎老師和他說的話。

自習結束，徐靖陽將悔過書交給黎老師。再次回到教室時，裡頭已沒剩幾個人，他一如既往地收拾書包，準備回家。

「那個……」

他抬起頭，是撞到他的冒失女孩，喬一帆。

他沒說話，凝睇她。

「我不是把你釦子扯壞了嗎？這個……」

喬一帆畏縮地拿出兩顆釦子，徐靖陽看著她的手心，那兩顆釦子很明顯長得不一樣。

「你走了之後，我在現場只找到一顆，另一顆我拿家政課縫紉盒裡的釦子……可以嗎？」她甚至不敢直視徐靖陽。

徐靖陽遲遲沒有說話，她越發緊張，「如果不行的話——」

「給我吧。」他伸了手。

那兩顆釦子被徐靖陽收在手心裡，隨手放進了口袋。

轉身之際，他停下腳步，「謝謝。」

喬一帆愣住，原來冷漠的轉學生也會說謝謝。

徐靖陽回家時已夜幕低垂，徐孟芳很擔心他，看見他被扯壞的襯衫，急著開口：「你怎麼了？在學校發生什麼事了？」

「沒事。」他依舊雲淡風輕。

「沒事衣服怎麼會這樣？你老實跟我說，是不是打架了？有人欺負你嗎？」徐孟芳很緊張，追著他的腳步踉蹌差點滑倒，徐靖陽及時接住她，扶她坐下。

「真的沒事，有個人不小心撞到我，衣服被扯壞了。」

「真的？撞一下這麼嚴重，多高的人啊？」徐孟芳仔細檢查他是否受傷。

「沒多高，就一個莫名其妙的冒失鬼。」徐靖陽沒發現這句話裡的笑意。

「你等等衣服脫下來，我幫你縫釦子。」徐孟芳吩咐。

「好。」徐靖陽想到了什麼，掏了口袋，「這個，用這些釦子吧。」

「啊？可是這兩顆……」

「別人給的，不花錢。」徐靖陽說完，便走去浴室洗漱。

從此，徐靖陽的制服襯衫上，就有一顆顏色特別的釦子，直到畢業，他都沒有換掉。

徐靖陽第一次知道傅延川這個名字，是聽見喬一帆和溫昕在聊天。

開學一個月了，原先對他親切的同學，都因他冷淡的態度對他敬而遠之，他又恢復孤身一人。

某次表演藝術課的分組報告，他被分到了喬一帆這一組，就是撞到他的冒失鬼。

前往藝術教室的路上，徐靖陽跟在兩個女孩子身後，隨著她們停在紅榜前。

「妳看到了嗎？高二年級第一又是傅神。」溫昕雀躍地湊近喬一帆耳邊說。

「紅榜一貼出來我就知道了。」喬一帆的聲音裡藏不住欣喜，彷彿年級第一是她。

徐靖陽跟著抬頭，看著大大的紅榜上寫的名字——傅延川。

原來開學那天，她看的人是傅延川。

溫昕指著一年級榜單，「哇，徐靖陽是年級前五！」

兩個女孩子突然回頭，他有些尷尬地點頭，「喔……嗯。」

「好厲害喔……」

「你有補習嗎？」

「還是家教？」

兩個人輪番追問。

「沒有。」他說。

兩人沉默了會，下了結論，天資是討厭的東西，是多是少都由不得你。

忽然間，喬一帆衝著他瞧，確切來說，是注視他的身後。

他隨著她的視線轉身，不遠處有個男孩經過，身邊還圍繞著許多人。

「喂喂喂，傅延川。」溫昕低聲說。

喬一帆點了頭，眼神沒有離開過遠方的男孩。

她的視線落在人群中那個特別亮眼的男生，他挺拔儒雅，和人說話時也是客客氣氣的，周圍的人都在注意他。

徐靖陽站在她身旁，將這一切盡收眼底，那是和他很不一樣的人，美好而令人嚮往。

那時徐靖陽才知道，喬一帆一直以來在窗邊看的人，就是紅榜上的榜首，傅延川。

放學前，黎老師公布了新一期打掃工作的抽籤結果，徐靖陽和幾個提早回教室的人，先一步看到了結果。

「靠！我爲什麼是外掃區啊？那棟樓超陰的⋯⋯」一個男生看著黑板大聲抱怨。

徐靖陽抬頭找到自己的座號，他負責擦窗臺。

他轉頭看著抱怨的男生，對方對到他的眼，有些戒備地問：「幹麼？」

徐靖陽頓了幾秒才開口：「我跟你換工作。」

男生愣了半晌，以爲聽錯了。

徐靖陽又開口：「不行嗎？那我問其他——」

「等等！可以可以，我跟你換。」他開心地跟徐靖陽交換了工作，跑出教室跟老師報備。

徐靖陽不在意他的去向，抬起頭看著負責外掃區的另一個座號，是喬一帆。

那個被稱為籤王的外掃區，位在教學大樓的邊間，真的很陰森，不過可以看到高三的班級。

徐靖陽知道這件事，是在喬一帆第三次因為恍神把畚箕弄倒時。

「喂。」

「啊？什麼？」喬一帆終於回神。

徐靖陽用下巴示意了地上翻倒的畚箕。

「抱、抱歉。」她拾起畚箕。

「妳在看什麼？」他低著頭掃地，隨口問了句。

「沒事啦。」她想敷衍帶過，沒想到對方下一句話直接問：「是傅延川嗎？」

她一愣，停下手中的動作。

「妳是在看傅延川嗎？」他的眼神清澈，沒有任何情緒。

她點了點頭，沒有說話。

「妳很喜歡他？」

「對。」

她原想說謊的，除了溫昕，她沒有這麼明目張膽地和別人訴說過對傅延川的喜歡，她害怕她的暗戀會被踐踏，儘管知道是痴心妄想，也不想從別人的嘴裡聽見。

可是看見徐靖陽的眼神，她卻沒有辦法糊弄。他的眼神就像是心底最乾淨的聲音。

「妳喜歡傅延川嗎？」他低低地問。

她沒辦法撒謊，她喜歡傅延川，很喜歡。

話一說出去她便後悔了，對方可是高傲冷漠的轉學生，肯定覺得她很蠢。

喬一帆焦灼地等待他下一句的輕蔑話語。

「這麼認眞地喜歡一個人也挺好的。」他說。

徐靖陽身後是一片翠綠的樹林，點點星綠隨風搖曳。

他說，這樣挺好的。沒有踐踏她淺薄的暗戀，而是說挺好的。

她想，轉學生還挺溫暖的。

徐靖陽瞥了眼彎下腰打掃的喬一帆，又轉頭看著對面遙遠的傅延川。

即便相隔遙遠，她也想偷偷凝視他。他荒蕪的人生裡，沒有見過這樣純粹的情感，這是第一次。

眞好，他想。

✉

期中考前一周，表演藝術課老師公布分組報告主題——介紹一部喜歡的電影。

以期中報告來說，這是相當有趣的一項作業，老師還未說明完，臺下就湧起窸窣的討論聲。

「好萊塢的電影啦，《蜘蛛人》！」

「我喜歡《鐵達尼號》。」

「港片好不好？《唐伯虎點秋香》超好笑的！哈哈哈哈……」

「國片啦！我們報告《那些年》怎麼樣？」

徐靖陽覺得自己像被隔絕在外，小時候家裡沒有電視，長大後也沒有時間看，他幾乎沒有看過他們說的任何一部電影。

喬一帆回頭問他時，他不知道該怎麼回答。

「你覺得《神隱少女》怎麼樣？」

徐靖陽欲言又止，喬一帆接著問：「不喜歡？那《霍爾的移動城堡》呢？」

他搖搖頭。

「那你喜歡宮崎駿哪部電影？」

徐靖陽沉默了會，才道：「我沒看過。」

這次換成喬一帆和溫昕沉默了。

「妳們決定就好，我都可以。」徐靖陽冷著臉帶過這個話題，壓下逐漸膨脹的自卑。

「那……《神隱少女》可以嗎？」喬一帆問，溫昕點頭，她看向徐靖陽。

「爲什麼選這一部？」他問，喬一帆似乎很喜歡這部電影。

喬一帆頓了頓，「這是一部一輩子一定要看的電影。」

徐靖陽被她篤定的眼神震懾。

他雖然自卑，卻鮮少羨慕或好奇其他人的生活，但此時此刻，他好想知道喬一帆口中的電影是什麼。

下課前，他們決定好報告主題是《神隱少女》，喬一帆和溫昕擔心他沒看過，熱心地告訴他哪些網站可以找到片源。他沒有告訴她們的是，他家甚至連電腦都沒有。

隔天下午，徐靖陽去附近的圖書館借電腦搜尋資料，還沒找到，他就接到鄰居打來的電話。

有人在他家的攤子吵起來，爭執中翻砸了攤位的桌椅，徐孟芳差一點受傷。

徐靖陽趕回攤位時，看見徐孟芳蹲在地上撿拾破碎的碗盤，艱難地站起身，幾個熱心的鄰居幫忙恢復桌椅。

那一瞬間，他像是被抽了一巴掌。

他媽媽面對那些荒唐的鬧事者時，他在做什麼？在圖書館吹冷氣、找電影。

他走過去扶起徐孟芳，讓她坐著休息。

「我來，妳坐著。」

他蹲在地上收拾一地零碎，才明白，一般學生的美好青春，不是他能追求的，幸福跟他一點關係也沒有。

這天是沒辦法做生意了，徐孟芳只能早早休息，而徐靖陽窩在房間溫習功課。

晚間七點多，桌上的手機傳來震動，徐靖陽看了眼螢幕，是喬一帆傳來簡訊。

他覆蓋住手機，不想再感受自己與其他人的差別。

震動未停，對方似乎一直傳來簡訊，他只好打開手機。

「徐靖陽，你現在有空嗎？」

「之前說那個《神隱少女》啊，現在電視有播！」

「快點，它播到一半了，正精采！」

他甚至能感受到女孩在手機另一端的語氣。

他走到客廳打開了電視，轉到指定的頻道，音樂響起，綠髮的男孩喝斥女孩離開，對著華麗的油屋吹出片片花瓣。

手機震動，喬一帆打來電話，他接起。

「你在看了嗎？」她問，背景音有點吵，但他聽不出是什麼。

「嗯。」

「怎麼樣？好看嗎？」

「好看。」

另一頭傳來她的笑聲，混雜著音樂，她也正在看。

他們隔著遙遠的距離，看著同一部電影。

名叫白龍的男孩牽著女孩，穿梭在浮華的油屋街道，一路經過狹窄的巷弄，飛過人群，停在一處花叢。

白龍安撫女孩，「爲了在這個世界生存，妳只能這麼做。」

徐靖陽愣了許久，投入地欣賞電影。

回過神時，他已看完整部電影，電話不知道什麼時候掛斷了。

他像是跟著主角一起闖進了奇幻的世界，本該枯燥乏味的夜晚變得有趣許多。

他好像稍微碰觸到了，一般人垂手可得的幸福。
他關上電視，又恢復一室靜謐，除了左心口仍未平息的心跳。
一直到很久以後，他才明白這撫不平的悸動代表什麼。
愛情來臨時，悄然無聲。

✉

高二那年，喬一帆一直暗戀的對象要畢業了，儘管偷偷喜歡許久，她仍沒勇氣告白。
畢業典禮在即，學校的畢聯會如火如荼籌備，經過大禮堂時，都能看見布置的道具。
「好快喔，傅神要畢業了。」溫昕看著正在裝修的舞臺。
「嗯。」喬一帆若有所思。
「畢業之前，妳要不要跟他告白？」
喬一帆轉頭，身旁的徐靖陽高了她一個頭，同樣看著舞臺。
「可是……怎麼告白？」
說實話，喬一帆不是沒想過這件事，但是她和傅延川也就見過幾次面，人家或許根本不記得她。
徐靖陽沒說話，仍看著遠處的舞臺。
隔幾日的下課時間，黎老師找了徐靖陽到辦公室。
「靖陽，你有沒有興趣在畢業典禮上臺獻花？」

「獻花？」

黎老拿出了年級排名資料，「學校都是找高二成績優秀的學生，代表在校生上臺獻花。你這次段考成績是校排第二，我聽說第一名不想去。這件事算是爲學校出公差，還能拿到嘉獎，老師想幫你爭取，所以來問問你的想法。」

徐靖陽看著黎老師，因他的熱心關照而感動。轉到這個學校以後，黎老師就很照顧他，所有能替他申請獎學金的機會都不放過，有累積嘉獎的公差也很願意找他。

「黎老師，你在問你們班第一名啊？」隔壁班的胡老師走來，看著徐靖陽稱讚，「同學，你這次考得眞好，跟第一名總分只差三分。」

「謝謝老師。」他說。

「你要把握機會，我聽說第三名那個女生很想上臺獻花。」胡老師壓低聲音八卦。

「爲什麼？」黎老問。

「因爲畢業生代表，是高三的傅延川，很受歡迎！」

「難怪。」老師們對傅延川的魅力若有所聞，有時也會私下討論。

「怎麼樣，要去嗎？」黎老師再次向他確認。

他思考半晌，開口：「這個機會有辦法讓給別人嗎？」

老師們停頓了幾秒，「當然不行，校排前三名才有這個機會，很寶貴的。」

黎老師見他有些失望，又問：「你想讓給誰？」

他搖頭，「沒有，我可以上臺。」

雖是這麼說，他心裡卻想起了某個人。

因爲接下了獻花的任務，徐靖陽在午休時間到大禮堂彩排。

這次畢業典禮的負責人，剛好是他們的社團指導老師小八。

徐靖陽一到現場，就看見小八拿著麥克風忙進忙出，安排著所有事情。

「等等音效組調一下開場音樂的大小，校長年紀大了，會被嚇到。美術組的同學，後面那個壁報要記得往左邊貼，然後機動組……機動組呢？」

「老師，機動組去準備後面的表演了。」其他工作人員回答。

小八赫然發現機動組的人手不足。

「天啊，怎麼辦？」小八焦急地扶著額頭。

「老師。」小八回頭，是徐靖陽。

「是不是還缺機動的人手？」他問。

小八撓撓頭，「呃……對，怎麼了嗎？」

「我能幫老師找人，老師能幫我一個忙嗎？」他很誠懇。

徐靖陽提議找社團的兩人幫忙機動工作，但是希望能把獻花的人選換成別人。

「可是……獻花這件事……」小八面有難色，臺下的事情就算了，上臺獻花是歸學務主任管的，不是他能決定的。

「如果我們能爲學校做出貢獻，學校會同意讓我把上臺獻花的機會讓人嗎？」徐靖陽又開了口。

小八怔住。

「我記得每年聖誕晚會都沒有人要表演，我們社團可以幫忙開場。」徐靖陽很有策略地提出交換條件。

每年的聖誕晚會是所有老師的惡夢，得湊滿十五組表演，若學生不願意上臺，老師就得自己下海，為此學務主任很是傷腦筋。

他的提議有可行性，小八不禁思考了會。

「不過，你想把機會給誰？不想上臺獻花嗎？」小八記得只有成績好的學生才能勝任，好多人擠破頭都拿不到這機會。

「喬一帆。」他說。

小八有些驚訝，「是她拜託你——」

「不是，是我想幫她。」徐靖陽很快又補了一句，「那個笨蛋一百年都考不進全校前三的。」

高三的畢業典禮在週六上午，喬一帆精心打扮了一番，徐靖陽一走進學校大禮堂就看見了。

「老徐，怎麼樣？好看嗎？」喬一帆小跑到他面前。

女孩本來就不難看，素淨的五官因妝容變得更加精緻，恰到好處地凸顯她的優點。

他的視線在開闔的嘴上停頓許久。

「很怪嗎？」女孩眉頭一擰，有點擔憂。待會要見心上人，難免慎重其事。

「口紅太濃了。」他說。

喬一帆聞言拿出鏡子照了照，「會嗎？可是——」

徐靖陽抽了衛生紙輕輕按在她唇上，來回幾下，視線很專注，可惜眼前的人根本沒有察覺。

「看看。」他說。

鏡子裡的面容自然了些，女孩子朝他一笑，「謝啦。」

然後轉身跑去準備上臺獻花。

畢業典禮的獻花很順利，徐靖陽和溫昕在臺下包辦所有繁瑣的機動工作，典禮結束後，兩人疲憊地癱坐在椅子上。

「好累喔。」溫昕靠著他。

「真的，我一定是瘋了才接這個工作。」徐靖陽轉開一瓶水喝。

視線瞥到從舞臺上下來的喬一帆，她跟著傅延川走出禮堂。

她要去告白了？他的目光緊跟著她，直到人消失在轉角處。

她會成功嗎？如果成功了怎麼辦？

複雜的心情在徐靖陽心中僵持，直到溫昕的聲音喚回他的思緒。

「老徐，你還好嗎？」

「什麼？」

「我問你要不要吃午餐？」溫昕指著旁邊的便當。

「沒關係。」

登、登、登、登、登——

「教務處廣播，三年五班……」

廣播聲響起，提醒高三學生前往指定地點集合。

徐靖陽驀地起身往外走去，沒有理會溫昕在身後的喚叫。

外面在下雨，操場的司令臺被雨包圍，徐靖陽看見了司令臺上的兩個人。

他躲在司令臺外的柱子後，能聽見他們的對話。

「一帆，妳有喜歡的人嗎？」傅延川的聲音混在雨裡，「有嗎？」他追問。

喬一帆終於回答：「有，很喜歡。」

「我認識嗎？」他問。

喬一帆鼓起了勇氣，「其實——」

「我也有。」傅延川打斷了她。

徐靖陽沒聽完他們的對話，走入雨中，穿越林道回到了教學大樓。

打開廣播室的門，裡面的同學被他嚇了一跳。

雨水完全打溼了他全身，襯衫貼在他身上，水珠沿著額前髮絲滴落。

「同學……有事嗎？」那個同學問。

「請幫我廣播一個人。」他說。

他終究沒辦法看自己喜歡的女孩和其他人在一起，嫉妒的心讓他自私又卑鄙。

登、登、登、登、登——

「喬一帆同學，請至學務處，喬一帆同學，請至學務處。」

女孩的告白被打斷，再次回到司令臺時，她暗戀的人已離開。

那天晚上，徐靖陽發了燒，迷糊間看見掛在衣架上的白襯衫，視線停在上頭那顆長得特別的鈕子，暗自唾棄自己對喬一帆的僞善，決定幫助她，又惡劣地破壞她僅剩的機會。

儘管如此，那夜的夢裡，畫了妝的女孩仍在他臉上印了一吻，笑得很甜。直到夢醒之前，他都沒有勇氣告訴她，他對她做了多過分的事。

然而，徐靖陽發現，傅延川畢業後，喬一帆便不再窩在窗邊偷看，就算如此，她也沒有喜歡上自己。

喬一帆喜不喜歡他，和傅延川沒關係。

徐靖陽經常看著窗外的那排綠樹。晴天時，陽光穿透沁綠，斑斕地照進窗內；雨天時，豆大的雨滴打在葉片上，碎在泥濘裡。

他沒有見過那些樹開花。

日復一日地過，四季遞嬗，再一次的盛夏，換他們要畢業了。

畢業典禮那天，喬一帆和溫昕在後臺爲徐靖陽準備。

這一年的畢業生代表，是徐靖陽。

「胸花呢？」喬一帆左顧右盼，慌亂地找著。

溫昕拿給她，「這裡、這裡。」

喬一帆拍了一下徐靖陽的肩膀，「你蹲低一點，我別不到。」

男孩乖順地蹲低，她將畢業胸花別在他的白襯衫上。

視線瞥見襯衫上的釦子，她笑了出來，「老徐，你居然還留著這釦子！」

他一笑，「嗯，時時刻刻提醒自己小心冒失鬼。」

女孩子只是「呿」了聲，沒繼續與他拌嘴。

典禮開始，徐靖陽上臺致詞。

徐孟芳就坐在臺下，眼裡盈滿淚水，她含辛茹苦拉拔的孩子，站在所有人都看得見的地方。終於有其他人知道，他多麼優秀。

典禮結束後，徐靖陽、喬一帆和溫昕在校門口。

天氣很好，陣陣的微風送來青草氣，校門口旁那排綠樹依舊，和徐靖陽第一天來到這裡時一摸一樣。

另一頭的紅榜，寫的是自己的名字。

唯一不同的是，紅榜前少了一個身影。

「來，看這裡。」小八拿著相機爲他們拍照。

喀嚓——快門按下。

他的青春，對成長的無奈和怨懟，偶然得到的歡笑與淚水，和無疾而終的暗戀，都停在這裡。

離開學校前，他再次看向那棵蓊鬱的樹。

他的過去像那棵不會開花的樹，緊緊抓著綠色的葉子，歷經風吹雨淋，也沒能開出花朵。或許，幸福對他來說，真的太過遙遠了。

「老徐，走了啊。」喬一帆站在校門口向他招手，笑得很開心。

他在這荒蕪又孤苦的生活中從沒許過願，唯一一次，他偷偷在心裡許下心願。

希望他喜歡的人能永遠這麼快樂，無論在她身邊的人是誰。

番外二

致，喜歡的那個人

「你眞的要去那裡實習？」

身旁同學的聲音喚他回神，劉彥辰展開笑容，隨口給了一個理由，「我不是本科系，之後要做相關工作的話，先累積實習經驗比較好。」

同學聽了後有些懷疑，那間廣告公司出了名的爛，去那裡實習不如多修幾門相關的課，完全看不出那份實習有什麼價值。

劉彥辰乾笑，一副傻憨憨的樣子。他知道同學爲什麼不解，但對他來說，這份實習工作的價值並不在此。

報到的第一天，負責人事的何組長讓他在門口等，他坐在位子上左顧右盼，等了半小時。

辦公室不大但蠻漂亮的，公司裡的氣氛也不是很好，感覺很低迷。

此時，門口走來一群人，一個高䠷的男人身旁跟著兩個女生，似乎是壓線趕上打卡。

「Safe～」

「我也好想放暑假喔。」

「妳現在辭職就可以放假了，要多長有多長。」

劉彥辰的視線跟著他們，他仔細盯著其中一個背著後背包的女生。她綁著馬尾，打扮比印象中正式得多，他記得她叫溫昕。

溫昕沒有察覺他的視線，徑直走到座位上。

沒多久，何組長終於來了，替他辦理手續。

填完所有表格後，他跟著何組長認識環境。對方問：「你對廣告很有興趣嗎？」

這個男孩看起來聰明伶俐，不過不是相關科系，會來這裡實習很令人意外。

劉彥辰應了聲，跟在他身後走到廣告企畫辦公區。

「跟大家介紹一下新來的實習生。」何組長向辦公區的幾個人介紹。

徐靖陽慵慵地抬頭，視線掃過他們，緩緩起身，隔一條走道的喬一帆掛上電話，湊過來關心。

徐靖陽輕敲座位前方的隔板，埋頭寫企畫的溫昕才後知後覺起身。

「這是小劉，就是上次溫昕去學校招募的實習生，妳學弟。」何組長比了比。

劉彥辰的目光炯然，凝視著溫昕。

「嗯？我？」溫昕一臉茫然，「我介紹的？」

「人不是妳找的嗎？」徐靖陽表情有些嫌棄，「妳還很開心跟我們說找到人。」

「對啊。」喬一帆搭腔，轉頭問劉彥辰：「是吧？」

劉彥辰有些茫然地點點頭，模樣乖巧。

溫昕看著他想了很久，顯然是一點印象都沒有。

劉彥辰心中不免失落，下一秒，溫昕朝氣蓬勃地向他打招呼，「不過沒關係，歡迎你來我們公司！」

她的目光清澈透亮，與半年前初見她時一模一樣，劉彥辰不禁莞爾。

「嗯，歡迎你來。」她身後的喬一帆招了招手，說得隨性。

徐靖陽看上去有點冷，只是淡淡地回了聲：「你保重。」

「這幾個以後就是你的學長姐，有什麼事就跟著他們。」何組長找到接應燙手山芋的人，一張老臉眉開眼笑。

他們身後有一大片落地窗，炙熱的陽光透進室內。他的實習生活就此展開。

第一個案子，他就跟幾個學長姐一起加班了。

這案子因疫情成效不彰，客戶打算砍預算，幾個負責的前輩正焦頭爛額地想新方案。

他看著他們進會議室，之後就沒再出來。

「我不幹了！」

晚上十一點，會議室裡的溫昕將手上的資料一撒，崩潰地癱在椅子上。

「行了，夢話說一說，事情還是要做。」徐靖陽從座位上起身活動筋骨，瞥見會議室外的劉彥辰，打開門喚：「小劉，你怎麼也還在？」

「我……我想說，你們還沒走……我……」他拿著企畫書不知所措，看得徐靖陽有些不忍。

他勸道：「先回去吧！實習生本來就不用加班，老張不可能給你加班費或其他補償的，划不來。」

徐靖陽身後的會議室裡，喬一帆和溫昕還在埋頭苦幹，白板上還有潦草的筆跡。

劉彥辰乾笑，「沒關係，我也還有東西沒做完，待會就回去了。」

徐靖陽只好答應，繼續專心在會議上。

劉彥辰一邊整理手上的資料，一邊悄悄觀察他們，雖然聽不見裡頭的聲音，但他能看見會議室裡的白板，上頭的筆跡擦了又寫，完整的企畫一點一點成形。

他靜靜地觀察，他們每個人臉上，都有當初他見到溫昕時的那種神采。

幾天後，那個專案被客戶採用了，聽他們說，那是一個跟告白有關的活動。

「小劉！成功了！」

溫昕一從客戶那邊回來，就急忙奔向他，蹦蹦跳跳，「我跟你說，老徐跟一帆好厲害，那個客戶本來還不接受，結果他們……」

「妳也很厲害呀。」看著她欣喜雀躍的樣子，他不禁這麼說。

他很想說，其實妳也很好，只是妳不知道，妳拚命完成了專案，在別人眼裡也很厲害。

聽到他的話，溫昕有些愣住，傻傻地看著他。

「對啊。」喬一帆經過溫昕時摸了摸她的頭，「我們超棒的。」

徐靖陽扛著筆電走在最後，默默飄來一句，「很棒是很棒，也幫我拿一下吧……」

翌日下午，劉彥辰跟著徐靖陽到某間大學的體育館場勘，相比世故老練的徐靖陽，他像個楞頭青，跟在後面遞資料、記重點，客戶說話時一個勁地點頭，再等空檔接話。

場勘結束，距離下班還有段時間，徐靖陽帶著他去公司附近的咖啡廳，徐靖陽和喬一帆只要辦公經過都會光顧。

兩人各點了一杯咖啡，喝沒兩口，喬一帆的電話就來了。

「幹麼？」徐靖陽接起電話。

「老徐！你現在在那家咖啡廳嗎？」喬一帆大剌剌的聲音穿透手機，旁邊的劉彥辰都聽到了。

徐靖陽瞟了劉彥辰一眼，皺著眉頭說：「妳小聲一點。」

他側過身，放柔聲音，「幫妳帶什麼？」

「蛋糕！我要兩份！」她的聲音開心得像小朋友，一旁偷聽的劉彥辰不禁莞爾。

「妳不是要減肥？」

「吃飽了才有力氣減肥。好，老張找我，掛了——」電話忽然被切掉。

「就看妳減肥會不會成功。」徐靖陽無奈地盯著手機，「什麼口味也不說……」

他瞪了一眼正在偷笑的劉彥辰，拿起菜單仔細挑選。

「草莓的吧。」劉彥辰突然出聲，徐靖陽回頭看著他，表情很意外。

「一帆姐上次說喜歡吃。」他補充，機敏的小心思沒逃過徐靖陽的眼睛，他饒富興味地瞇起眼睛，「我發現你蠻精明的。」

他呵呵傻笑，「剛好有注意到。」

「說一說吧，你的觀察。」他向後仰，雙手交疊胸前。

「啊？」

「你覺得我們公司怎麼樣？」

「呃……」他支吾，「規模不大也不小，未來應該不會再擴大，但也不至於倒閉。嗯……吃不飽也餓不死。」他搔搔腦袋，「我……我聽人家說的。」

徐靖陽忍不住笑，「你比喬一帆聰明多了。」

「但是一帆姐人很有趣，也很有正義感。」他仰頭思考。

「那溫昕呢？」

「溫昕……」他若有所思，「她其實是個很有想法的人。」

「喔？」

「雖然看起來很冒失，但是做事的時候很投入，經常講自己的想法講到忘我。」

談論到溫昕，劉彥辰的眼裡滿是欣慕，不自覺微笑。

「這些話爲什麼不告訴她？」

劉彥辰臉上的笑容一僵，微微垂首，「我也不知道。」

「那你呢？你會告訴一帆姐嗎？」劉彥辰好奇地問。

徐靖陽凝神思忖許久，淡淡地回：「必要的時候應該會吧。」

劉彥辰茫然不解，反覆品味這句話也沒弄明白。

直到後來，他才理解徐靖陽口中的「必要的時候」。

幾天後，方桓的婚外情暴露，溫昕在公司當眾被扯著頭髮羞辱。

劉彥辰想都沒想就上前幫她擋，方桓的太太情緒很激動，雙手胡亂撲抓，鋒利的指甲在他手臂劃出紅痕。

他沒心思理會對方，將溫昕掩得嚴嚴實實。

「妳誤會了，他們只是同事，眞的沒有什麼。」他第三次向方桓的太太解釋。

「你是她的誰？你管那麼多！你說她無辜，她就無辜？」

這話讓他心一沉，一時間回不了口。

他算得上溫昕的誰呢？戀人？朋友？充其量只是一個同校畢業的後輩而已。

暗戀的人是沒有身分的。

事情鬧得很大，溫昕似乎刻意逼自己投入工作，從原先少根筋的樣子變得幹練。

時隔一個月，消失許久的方桓又出現了。

那天早上天氣有點陰，劉彥辰跟在溫昕身後走進公司大樓，正想和她打招呼，有個人忽然出現攔下她。

方桓蓬頭垢面，一見到溫昕就卑微地央求復合。

劉彥辰站在離她幾步遠的地方，看見她臉上的表情，他知道，溫昕仍沒有完全放下。

方桓大概也從中看見希望，激動地拉扯，那瞬間劉彥辰沒忍住，拳頭揮向方桓，男人踉蹌倒地。

這一刻，他能感受周圍人們驚詫的目光，包含溫昕。腦中頓時浮現了徐靖陽曾說過的話。

「必要的時候應該會吧。」

他扶起溫昕，對上她有些愕然的雙眼，他想，她肯定知道了。

溫昕怔了幾秒，很快地抽回手，起身回到辦公室。

他笑了笑，心情如同外面的天氣一樣陰沉。

✉

暴露喜歡並非預期中美好，劉彥辰頻頻釋出好意，都被溫昕拒絕了，兩人的關係比溫昕不知道這件事之前還要生疏。

雖然他們之間還有點尷尬，但因爲徐靖陽調去臺中，上頭指派溫昕帶著他跑專案，兩人不得不一起執行案子。

這個專案是要幫客戶宣傳在地特色美食，精選了五家小吃店，拍攝一支宣傳廣告。

拍攝前，他們要跟店家打照面，其中一間店在當地頗負盛名，老闆很有個性，只說閩南語，並且對他們這類的廣告製作團隊很感冒，因此他對拍攝的時間、長度、內容頗有意見，甚至一度拒絕拍攝。

以前不是沒遇過這種情況，溫昕知道怎麼溝通，但她一句閩南語都不會，窒礙難行。

溫昕話說到一半，老闆忽然拍桌，起身往店裡走，嘴裡念著「不拍了」，把他們兩個趕出門，讓溫昕不知所措。

劉彥辰思量半晌，腆著笑走進店裡，頻頻跟老闆鞠躬哈腰，用極破爛的閩南語努力和對方套交情。

一開始老闆板著臉抱怨連連，數落他們沒好好溝通、沒事先通知，又說政府整天搞沒用的東西，妨礙他做生意。

劉彥辰沒有生氣，乖乖地順應著他，再從中插話，一來二往才弄清，老闆年輕時曾經被人騙過，所以戒心很強，他們一來就說要拍攝，讓他很不舒服。

「他說只能拍半小時，不能耽誤他做生意。」他走出店裡告訴溫昕。

老闆雖然仍舊不耐煩，但已經沒有要趕人的架勢，勉強同意拍攝。

便利商店外，兩人在陰涼處喝著冷飲稍作休息。

「好羨慕你。」溫昕拿著冰汽水，看著地面上斑駁的陰影。

「蛤？」劉彥辰不明白。

「你啊，老徐啊，還有一帆，你們都是好聰明的人，就算遇到沒碰過的狀況，想一想也能有方法解決。」她一頓，捏緊手上的鋁罐，「但我好像就一定要先摔一次，才知道怎麼處理……」

她微微低垂的雙眼暈上一圈紅，不過她沒有哭，只吸了吸鼻涕，「好丟臉。」

劉彥辰不發一語，若有所思。

這時，小吃店老闆拿著兩袋炒麵過來，臉上的表情親切許多。

「歹勢，拄才我查某囝佮我講恁有通知，是我家己無注意。這請恁吃。（剛才我女兒跟我說你們有通知，是我自己沒有注意。這些請你們吃）」

兩人快步過去接應，聽著老闆用閩南語講了很多關心的話。

忽然，老闆問了句：「這是你女朋友？」

溫昕一時間沒意識過來，回頭就看到劉彥辰將錯就錯，站在她身後一個勁地點頭，還一邊竊笑，她瞪了一眼他才收斂。

「喔……你皮要綳較絚咧（你皮要綳緊一點）。」老闆笑著說。

他一臉傻笑，跟溫昕一起送走老闆。

老闆走後，溫昕轉身要找他算帳，「你能不能不要——」

劉彥辰專注凝視她，眼神溫柔又堅定。

他蓬鬆的頭髮在陽光下看起來毛茸茸的，髮色稍淺，髮尾被照出金燦的顏色，活像一隻黃金獵犬。

看著對方誠懇的眼神，溫昕忽然罵不下口，別過眼，心一跳一跳。暗自吐槽著，能不能不要表現得這麼喜歡她。

「我也想啊。」他的語氣無辜，微微垂首，「可是好像沒辦法。」

那一刻開始，溫昕對他似乎從抗拒變成了緊張。

喬一帆生日那天，正是專案結束的慶功宴，一群人聚在餐廳慶祝。

專案終於結束，幾人放開心，分享執行期間的鳥事。

「師父！我好想你！」劉彥辰在這期間做了不少事，也吃了不少苦，他對著徐靖陽大吐苦水。

不知道從什麼時候開始，他自詡是徐靖陽的徒弟。可能在暗戀且被對方討厭的這件事情上，兩個人還有層前後輩關係。

「誰是你師父，走開！」徐靖陽皺著眉推開他。

「你不在的這段時間，我過得好苦，嗚嗚嗚。」

「嗚個頭，你從哪學這些有的沒的？我沒教你這些。」

「哦！所以你承認我是徒弟了嗎？」這小子忽然恢復正常。

「你皮癢了是不是？」徐靖陽作勢掄起袖子。

兩人打鬧間，劉彥辰察覺到溫昕的目光隱隱停留在身上。一回頭看，她就移開視線和別人聊天。

飯後，作爲壽星的喬一帆喝到不省人事，被徐靖陽攙扶著送回家。

送走了其他人後，劉彥辰陪著溫昕走回家。

起初溫昕想要拒絕，可是餐敘的餘韻尚存，街道的夜景又別有氛圍，而開口的人，偏偏是劉彥辰。她有點茫了，愣愣點頭。

男人走在靠車那側，街道很安靜，他們誰都沒有說話。

「你畢業之後，會來我們公司嗎？」溫昕突然問。

他沒有正面回答：「我很喜歡這個行業。」

這人什麼時候開始跟老徐一樣，不把話說清楚。溫昕忿忿地想。

她賭氣般加快腳步，劉彥辰緊跟在後，下一秒，她步伐沒踩穩扭到腳，她停下腳步，劉彥辰也停下來。

他讓她坐在路邊的花圃，本想幫她查看腳踝，卻被拒絕了，溫昕死活都不願意，他們就這樣坐在花圃上，大眼瞪小眼。

「妳上次喝醉也是這樣。」他笑著說，指的是上次她和喬一帆在居酒屋喝醉的事。

「問妳什麼都說不要，我花了好大的功夫，才送妳回家。」

「我又沒逼你……」溫昕反駁，下意識地噘著嘴。

「是，是我雞婆。」他起身走到她面前，蹲下。

溫昕與他對視的眼神已然迷濛。

「走得動嗎？」他蹲在她身前，那個毛茸茸的頭歪了一邊。

酒意蔓延，她恍惚間伸手抱住了他的頭。

劉彥辰怔在原地，「怎麼了？」

「你喜歡我哪裡？」她沒來由地問。

這個問題她想問好久了，她一直不明白劉彥辰爲什麼喜歡她。

「我很喜歡的那個人，和我一樣喜歡展覽和音樂，可是他說的話都是在騙我……」她沒有意識到自己哭了，直到滾燙的眼淚滑到嘴角，鹹澀入喉，她才抬手抹去眼淚。

「我很喜歡的那個人，大學的時候，在通識課上認錯了人，以爲我是她的朋友，拉著我去找人一組。她說我聰明、說我很有想法，要是能做創意產業，一定很有成就。」

他抬起頭，與她對視，「她說的是眞的嗎？」

記憶隨著他的話變得鮮明——她曾經在一門課上跟一個朋友同組做作業，那堂課就是「創意廣告行銷」。她記得那個朋友提了好多有趣的點子，可是每次都只是低聲地和她分享，她覺得可惜，才拉著他上臺分享。

她一直不知道，原來那個人就是劉彥辰。

她點點頭，有些哽咽，「嗯，是眞的，她沒有騙你。」

「那她喜歡我嗎？」他凝視著溫昕。

那陣躁動的心跳又來了，她甚至沒辦法好好思考。

這一次，她終於沒有逃避。

「嗯，她喜歡你。」

後記

致，終將結束暗戀的我們

也許我們在自我厭惡的情緒裡　被人偷偷愛著

嗨，大家好，我是喬木，初次見面！

感謝大家看到故事最後。《致，暗戀者們》是二〇二二年POPO華文創作大賞的得獎作品之一。二〇二二年撰寫，實體出版已是兩年後，再次審視這個故事，我的心境也不太一樣。

寫這本書時，我正好二十五歲，所以我一直把它當作給自己的二十五歲紀念。故事中也揉雜很多自己過往的經驗，像是求學、暗戀、職場等等。

當初會寫《致，暗戀者們》，是想寫一個意想不到的故事。「你所認爲的命中注定，有可能是另一個人的用心良苦」，是全書最核心的概念。

我想很多人都覺得命中注定是件浪漫的事，我也是，於是我想，如果所有緣分都不是注定，而是人爲的安排，那你還會爲它感動嗎？

我會，我覺得儘管不是那麼誠實，可是，想爲了一個人而付出努力、爲對方安排很多計畫，這件事本身就令人感動了，遑論委屈自己的感情祝福對方。

所以比起告訴所有人「暗戀會成功」，我更想讓所有人知道暗戀的各種樣貌。

有些人的暗戀，是明明紅著臉卻說不喜歡，拉著全世界一起裝傻；有些人的暗戀，只敢躲在友情背後，用精湛的演技以假亂眞，不敢演到最後。

告白不見得會成功，但如果沒有告白，連被知道的機會都沒有。你無法知道告白的結果是什麼，可能成功、可能失敗，這樣的患得患失來自未知。

但是就如同徐靖陽所說，你無從得知沒有選的那條路是否更好，即便告白失敗，結果也不見得比不告白來得差。

《致，暗戀者們》是給所有暗戀者的一封情書。愛其他人的同時，不要忘記自己也值得被愛。這句話被說到爛了，但我知道，人容易忘記自己的好，所以我願意不厭其煩地提醒你。

感謝POPO和Readmoo給這個作品肯定，讓它得以被看見，也感謝責編韻璇爭取了實體出版機會，讓它能以紙本書的形式出現在書架上，更是一路協助出版的相關事宜。

我以爲二十五歲的我很衰，但現在想想，我得到很多幫助與支持，比我以爲的更幸運。

最後，感謝願意閱讀這本書的所有人，希望這本書能給你留下一點印象。會心一笑、偶爾鼻酸或能從中獲得一點勇氣，我都很榮幸。

如果有機會，希望在下一個故事跟大家見面。

喬木

國家圖書館出版品預行編目資料

致，暗戀者們／喬木著. -- 初版. -- 臺北市：POPO原創出版，城邦原創股份有限公司出版：英屬蓋曼群島商家庭傳媒股份有限公司城邦分公司發行, 2024.08
面； 公分. --
ISBN 978-626-7455-34-0（平裝）

863.57　　113011782

致，暗戀者們

作　　者／喬木
責任編輯／黃韻璇　行銷業務／林政杰　版　　權／李婷雯

內容運營組長／李曉芳
副總經理／陳靜芬
總 經 理／黃淑貞
發 行 人／何飛鵬
法律顧問／元禾法律事務所　王子文律師
出　　版／POPO原創出版
城邦原創股份有限公司
台北市南港區昆陽街 16 號 4 樓
電話：(02) 2509-5506　傳眞：(02) 2500-1933
email：service@popo.tw
發　　行／英屬蓋曼群島商家庭傳媒股份有限公司城邦分公司
聯絡地址：台北市南港區昆陽街 16 號 8 樓
書虫客服服務專線：(02) 25007718・(02) 25007719
24小時傳眞服務：(02) 25001990・(02) 25001991
服務時間：週一至週五09:30-12:00・13:30-17:00
郵撥帳號：19863813　戶名：書虫股份有限公司
讀者服務信箱 email：service@readingclub.com.tw
城邦讀書花園網址：www.cite.com.tw
香港發行所／城邦（香港）出版集團有限公司
地址：香港九龍土瓜灣土瓜灣道86號順聯工業大廈6樓A室
email：hkcite@biznetvigator.com
電話：(852) 25086231　傳眞：(852) 25789337
馬新發行所／城邦（馬新）出版集團 Cité(M)Sdn. Bhd.
41, Jalan Radin Anum, Bandar Baru Sri Petaling,
57000 Kuala Lumpur, Malaysia.
電話：(603) 90563833　傳眞：(603) 90576622
email：services@cite.my

封面設計／也津
電腦排版／游淑萍
印　　刷／漾格科技股份有限公司
經 銷 商／聯合發行股份有限公司
電話：(02)2917-8022　傳眞：(02)2911-0053

■ 2024 年8月初版　Printed in Taiwan

定價／320元

ISBN　978-626-7455-34-0

POPO原創出版 www.popo.tw　城邦讀書花園 www.cite.com.tw

本書如有缺頁、倒裝，請來信至service@popo.tw，會有專人協助換書事宜，謝謝！